Elisa Bischof

Einsamer Wächter

www.tredition.de

Verlag & Druck: tredition GmbH, Halenreie 40-44, 22359 Hamburg
Umschlagbild: Andreas Bischof
Umschlagdesign: Katharina Däuble
Bilder: Elisa Bischof

ISBN
Paperback: 978-3-347-06807-0
Hardcover: 978-3-347-06808-7
e-Book: 978-3-347-06809-4

Für meine Familie, die mir nie gesagt hat, dass ich etwas nicht kann und vor allem für Gabriel, der sich jede neue Idee ausführlich angehört hat!

Charles

Ich möchte dir eine Geschichte erzählen.

Es ist die Geschichte eines Helden. Sie wirkt zu Beginn wie eine typische Heldengeschichte, in welcher der Held mit einem magischen Schwert eine Prophezeiung erfüllt und somit das Königreich rettet.

Doch unsere Geschichte soll zwei Jahre nach diesen Ereignissen spielen und gar nicht von diesem Helden handeln, sondern von jemand anderem, der diese Geschichte ganz und gar außergewöhnlich machte: **Ein Bruder**.

Dieser Bruder bin ich. Mein Name ist Charles und mein Bruder, der Held, hieß Ewan.

Eigentlich begann unsere Geschichte vor vielen Jahren, als der Prophet Arileas von einem furchtbaren Krieg sprach. Ein Krieg, der unzählige Opfer forderte, obwohl er nicht einmal einen einzigen Tag andauerte! Die Parteien, die sich in diesem schrecklichen Krieg gegenüberstanden, waren nicht Menschen unterschiedlicher Meinungen, Religionen oder Herkunft. Nein, die Menschen waren in diesem Krieg alle vereint, denn auf der anderen

Seite standen die Dämonen. Doch wie in der Prophezeiung genannt, fand ein auserwählter junger Mann, mein Bruder, ein auserwähltes, mächtiges Schwert und beendete den Krieg in einer einzigen Schlacht.

Das Ganze war nun aber schon fast zwei Jahre her. Ich lebte seit Ende des Krieges zusammen mit meinen besten Freunden Niall, Anya und Liam in einem kleinen Dorf in der Nähe des Diamantsees. Das Leben dort hatte nun wieder eine gewisse Ruhe und ein kleines Stück Frieden war zurückgekehrt. Und doch hörten wir hin und wieder, wenn ein Händler im Dorf zu Besuch war oder ein Reisender seine Geschichten erzählte, dass es im ganzen Königreich Sichtungen von Dämonen geben sollte. Doch wie der Mensch nun einmal war, so glaubten wir den Händlern und Reisenden nie, denn wir selbst hatten die Dämonen seit Ende des Krieges nicht mehr gesehen und wollten die Hoffnung nicht aufgeben, dass wir hier ein sicheres Leben führten.

Mein Leben war ein fröhliches und friedliches und das wollte ich auf keinen Fall verlieren.

Kyan

Ich möchte dir eine Geschichte erzählen.

Es ist die Geschichte eines Helden. Sie wirkt zu Beginn wie eine typische Heldengeschichte, in welcher der Held mit einem magischen Schwert eine Prophezeiung erfüllt und somit das Königreich rettet.

Doch unsere Geschichte soll zwei Jahre nach diesen Ereignissen spielen und gar nicht von diesem Helden handeln, sondern von etwas anderem, das diese Geschichte ganz und gar außergewöhnlich machte: **Ein Monster**.

Dieses Monster war ich. Ich war mit Sicherheit kein normales Monster, denn es gab einen Haken: Ich wollte gar kein Monster sein!

Lass mich das erklären: Du bist doch, wer du bist. Und so war ich eben, wer ich war. Ich hatte mir nicht ausgesucht ein Monster zu sein, ich war es einfach. Seit ich mich erinnern konnte, war ich ein Kyan-Flügler.

Natürlich kannte ich die Geschichten, oder eher Legenden, die sich die Menschen über mich erzählten. Für sie war ich das Boshafteste, das es in der

Welt der Dämonen gab. Der Kyan sollte wie ein König über die Dämonen herrschen und ohne ihn könnten sie nie auf die Erde (obwohl der Teil stimmt, aber dazu kommen wir später). Ich hatte natürlich auch keine Ahnung, woher die Menschen dieses Bild von einem Kyan hatten, aber es war falsch! Ich wollte den Menschen nie etwas Böses, ich war einfach ich.

Zu Beginn hatte ich versucht den Menschen zu zeigen, dass ich ungefährlich bin, doch sie warfen einen kurzen Blick auf mich, dann rannten sie um ihr Leben. Ein Angriff wurde nicht einmal in Erwägung gezogen. Eines Tages hatte ich mich damit abgefunden den Spiegelwald kaum noch zu verlassen...

Die Menschen hatten jedoch Recht, dass ich ein besonderes Monster war. Du musst wissen, dass die Welt der Menschen und die der Dämonen getrennt waren.

Inmitten des magischen Spiegelwaldes befand sich jedoch ein Portal, durch welches die Dämonen auf diese Welt gelangen konnten - oder die Menschen in die andere, aber das wollte wunderlicher Weise niemand. Zum Glück konnten die Dämonen aber nicht kommen und gehen, wie sie es wollten, da das Portal einen Wächter hatte: Mich!

Die ganze Sache ist wirklich schwer zu beschreiben, aber es war wie ein Schalter – ganz tief in meinem Herzen versteckt. Eine fremde Macht wollte diesen Schalter stets umlegen und dann könnten die Dämonen auf diese Welt kommen. Ich hingegen musste jeden Moment meines Lebens gegenhalten. Wurde ich einmal unachtsam oder erschöpft, dann konnte der Schalter umgelegt werden und Dämonen könnten durch das Portal kommen. Meistens konnte ich sie dann gleich töten, bevor sie den Spiegelwald verlassen konnten, doch manchmal kamen gleich mehrere hindurch und ich konnte sie nicht alle aufhalten - erst gestern war mir ein Lava-Dämon entwischt.

Aber genug Drama! Ich will dir unbedingt erzählen, wie ich aussah:

Wirklich ein prächtiges Wesen war ich, das kannst du dir gar nicht vorstellen! Die Spannweite meiner Flügel betrug knapp vier Meter, wenn ich sie ausbreitete und die Schuppen, die sie bestickten, hatten eine magische Wirkung. Sah man die Schuppen an, so wirkten sie, als würden sie sich wie eine unruhige Wasseroberfläche bewegen und man könnte sich stundenlang in ihren blauen und grünen Farben verlieren, doch fiel das Sonnenlicht auf meine Flügel, so färbten sich die Strahlen in den wunderschönsten Blau- und Grüntönen, als würden sie auf einen Edelstein treffen. Meine ganze Haut schimmerte in diesen Farbtönen, doch nur die Flügel hatten dicke Schuppen, die diese magische Wirkung hatten.

Sonst hatte ich zwei kurze, aber kräftige Beine, mit welchen ich Dinge tragen konnte, die doppelt so schwer wie ich selbst waren und einen Kopf mit kurzem Schnabel, gebogenen Ohren und strahlend blauen Augen, mit welchen ich auch im Dunkeln problemlos sehen konnte. Arme hatte ich keine, aber am äußeren Ende meiner Flügel befanden sich drei schwere, schwarze Krallen, welche ich zum Laufen mitbenutzte.

Mein Leben war nicht einfach, ich hatte schon zu oft einen Dämon entwischen lassen, was vermutlich viele Menschen das Leben kostete. Trotzdem versuchte ich stets, das Beste daraus zu machen.

Mein Leben war ein einsames und schuldbela-
denes, doch es war nun mal mein Leben und damit
hatte ich mich schon lange abgefunden.

Charles

Mein Leben hier war in der Tat sehr friedlich. Die Angst, dass die Dämonen zurückkehren würden, hatten die Menschen so tief in sich vergraben und unter den Teppich geschoben, dass sie selbst kaum mehr an die Dämonen glaubten.

Das galt jedoch nicht für Niall. Er war schon als Kind sehr neugierig gewesen und hatte sich die Erforschung der magischen Welt zur Aufgabe gemacht. In seinem Notizbuch, dessen brauner Einband inzwischen sehr zerzaust war, schrieb er von den magischen Wesen, die uns in dieser Welt stets umgaben. Er erzählte von den verschiedenen Feenarten, den längst ausgestorbenen Drachen, den lebendigen Bäumen oder natürlich auch den Dämonen. Jeder Reisende, der angeblich von einem Dämon berichtete, wurde sofort zu Niall geschickt, welcher unverzüglich alle Details aufschrieb.

Ich war mir nicht ganz sicher, ob mein bester Freund, mit dem ich schon als Kind versuchte die Fische im Diamantsee zu fangen, ein unrealistisches Hobby hatte, oder ob ich ihm eines Tages dafür danken würde, doch als Freund blieb mir keine andere Wahl als mir jedes neue Kapitel, das Niall verfasste, zu lesen und zu sagen, wie gelungen ich es fand. Dieses Buch war nämlich die einzige Sache, in der Niall sich selbstsicher fühlte. Im Grunde war er eigentlich ein sehr ruhiger und schüchterner junger Mann, der die besagten Fische als Kind nie töten konnte, sondern sie immer zurück in den See warf.

Anya hingegen war die Art von Kind, die mit Pfeil und Bogen schon drei Fische gleichzeitig aufspießte, bevor andere kaum laufen konnten. Sie hatte diese „Achtung-hier-komme-ich-Art", mit der man einfach klarkommen musste, sonst rannte sie einen eben über den Haufen. Doch so rücksichtslos sie für andere auch zu sein schien, wir Freunde wussten, dass sie sich sehr um uns sorgte. Ich war mir fast sicher, dass Niall ein wenig in sie verknallt war, was mich ehrlich gesagt etwas überraschte, da sie so komplett gegensätzlich voneinander waren.

Liam war wie Anya auch nicht der Typ, der sich vor einem Abenteuer drückte. Er war der, der selbst mit der Schlinge um den Hals noch einen Witz reißen konnte. Stets fesselte er das Leben mit bunten Seilen und erzählte ihm so viele Dinge, dass es ihn freiwillig in Ruhe ließ. Ich kannte ihn zwar erst seit Ende des Dämonenkrieges, doch wir waren inzwischen gute Freunde geworden und er vervollständigte unsere Gruppe.

Manchmal erinnerte Liam mich an mich selbst. Früher hatte ich auch viel gelacht und die Dinge nicht sehr ernst genommen. Das musste ich auch nie, denn Ewan nahm immer alles so schrecklich ernst. Alles was ich anstellte, bügelte er wieder gerade. Manchmal jedoch vergaß er, dass das Leben mehr als nur Verantwortung und Pflichten zu bieten hatte, aber genau dafür hatte er ja mich. Ich nahm ihm den Ballast von den Schultern und munterte ihn auf. Wir machten alles gemeinsam.

Als Ewan starb, starb auch ein Teil von mir. Ich musste nun plötzlich auch Verantwortung tragen. Ewan hatte mir scheinbar den Ballast weitergegeben und manchmal war ich darüber etwas verärgert gewesen, doch inzwischen hatte ich mich damit abgefunden. Alles was ich tat, tat ich in seinem Namen. Einige Details um Ewans „Tod" waren etwas unklar, weshalb ich niemals die Hoffnung aufgab, dass er vielleicht eines Tages zu mir zurückfinden könnte. Natürlich war es idiotisch nach zwei Jahren immer noch zu denken, dass er auf magische Weise hier auftauche, aber ich war doch sein Bruder. Ich konnte nicht aufhören zu hoffen.

Das Leben hier war jedoch eine gute Ablenkung für mich. Jeden Morgen machte ich meine typische Runde. Zuerst fütterte ich die Pferde im Stall, wo meistens schon die kleine Phina auf mich wartete. Das Mädchen war so verrückt nach Pferden, dass sie mir jeden Morgen auflauerte, um mich anzuflehen, dass ich sie helfen ließe. Wenn ich gute Laune und die nötige Zeit hatte verabredete ich mich auf den Mittag mit ihr, um ihr ein wenig Reitunterricht zu geben. Obwohl sie erst acht Jahre alt war, hatte sie eine Verbindung zu den Pferden, die ich vermutlich nie ganz verstehen würde. Sobald sie alt genug sein würde, hatte ich vor ihr die Leitung des Stalles zu übergeben. Ich konnte mir schon das Funkeln in ihren Augen vorstellen, wenn ich es ihr sage.

Nachdem ich den Stall verlassen hatte, machte ich mich auf den Weg zum Brunnen, um den Wasserstand zu überprüfen. Vor ein paar Monaten hatte der Brunnen weniger Wasser als sonst gehabt, was uns allen Sorgen bereitet hatte. Doch inzwischen hatte es sich wieder normalisiert, was mich jeden Morgen beruhigte.

Anschließend ging ich über die Felder zu Murray, wobei ich Tagkraut sammelte und es ihm brachte. Murray hatte im Krieg der Dämonen sein Augenlicht verloren, brauchte aber das Tagkraut wegen seines schwachen Herzens jeden Tag. Um zu verhindern, dass er versehentlich Nachtkraut sammelte, welches sich nur in der Farbe von Tagkraut unterschied, aber tödlich wirkte, hatte ich beschlossen ihm jeden Tag etwas Tagkraut vorbeizubringen.

Danach konnte ich die Herausforderungen des Alltags aufnehmen. Hier und da brauchte man meine Hilfe, aber wenn ich nicht gebraucht wurde machte ich mich mit meinen Freunden auf die Jagd oder bei schönem Wetter badeten wir im Diamantsee, der nur wenige Minuten entfernt vom Dorf lag. Wenn das Mondlicht auf die Wasseroberfläche traf, dann glitzerte das Wasser als würde es aus tausend Diamanten bestehen, wodurch der See seinen Namen erhielt.

Alles in Allem war ich hier glücklich. Dieses Leben hier hatte beinahe die Lücke gefüllt, die mein Bruder hinterlassen hatte, als er beschloss sich seinen Dämonen zu stellen. Und doch dachte ich jeden Tag an ihn und vermisste ihn mit jeder Stunde, die verging, noch mehr. Könnte er doch nur sehen, welches Leben er uns allen ermöglicht hatte.

Im Moment saß ich mit meinem Schwert am Gürtel, einer bequemen Reiterhose und hellbraunem Hemd auf meinem treuen Pferd „Mailo". Dessen Hufe hatte sich von der Entzündung gut erholt und er konnte wieder problemlos laufen.

Ich hatte Phina heute Morgen mal wieder versprochen, dass ich mit ihr ausreiten würde. Zuerst hatte ich jedoch ihre Mutter, Rosalie, gefragt, ob sie einverstanden war, dass wir bis zum Diamantsee ritten. Rosalie zeigte sich begeistert und wünschte sich daraufhin, dass ihr sechsjähriger Pete auch mehr Interesse an realen Lebewesen zeigen würde. Jeden Tag jagte er auf den Wiesen Feen, Trolle, Kobolde oder Drachenfliegen.

Nicht, dass diese magischen Lebewesen nicht real waren, doch sie lebten seit dem Dämonenkrieg sehr zurückgezogen in den Wäldern und zeigten sich kaum noch. Selbst die Mondfeen waren fast verschwunden, was für diese Art sehr untypisch war.

Jedenfalls bewunderte ich Petes Fähigkeit zu träumen insgeheim, doch natürlich gab ich Rosalie Recht. Sie hatte es die letzten Zwei Jahre nicht leicht gehabt, denn genau wie ich hatte auch sie ihren Bruder im Dämonenkrieg verloren. Pete und Phinas Vater war schon vor vielen Jahren, kurz nach der Geburt von Pete an einer Krankheit verstorben.

Plötzlich wurde ich aus meinen Gedanken gerissen, da Phina rief: „Charles? Bist du endlich bereit?" Sie hatte sich, während ich einen Moment ablenkt war, ganz allein auf ihr riesiges Pferd „Minou" gesetzt. Ich schüttelte lächelnd den Kopf, dann ritten wir los.

Die Sonne hatte ihren höchsten Punkt gerade erreicht, weshalb es sehr warm war. Es war, als wollte sie noch ein letztes Mal zeigen, wie kräftig sie strahlen konnte, bevor sie der Kälte des Herbstes in wenigen Wochen Platz machte.

Als wir den Diamantsee erreicht hatten, fragte Phina sofort, ob sie ins Wasser dürfte. Ich stimmte zu, denn der See war nicht allzu groß, weshalb er angenehm warm war. Phina tauchte sehr gerne und war ab und zu für einige Sekunden unter Wasser verschwunden, bevor sie wieder aus dem Wasser schoss und nach Luft schnappte. Ich hatte die Pferde an einen Baum gebunden und war ebenfalls kurz ins Wasser gesprungen, doch dann hatte ich Hunger bekommen und verließ den See wieder. Meine Kleidung war klitschnass, doch es war warm genug um sie am Leib trocken zu lassen. Ich holte drei Äpfel aus meiner Tasche, gab jedem der Pferde einen und aß den dritten selbst.

Ich hatte den Apfel kaum zur Hälfte aufgegessen, da ließ ich ihn fassungslos ins Graß fallen. Aus der Richtung des Dorfes sah ich, wie eine Menge Rauch aufstieg. Phina tauchte auf, folgte meinem besorgten Blick und sah mich dann panisch an. Ich musste sofort eine Entscheidung treffen.

„Phina, hör' mir gut zu! Du kommst aus dem Wasser, bindest Minou los und wartest auf ihr. Du reitest mir nicht hinterher, hast du gehört?! Du wartest hier bis ich, oder jemand den du kennst, dich abholen kommt! Gehe mit keinem andern mit. Wenn jemand fremdes kommt, dann reitest du so schnell du kannst davon. Verstanden! Und wehe du folgst mir!!"

Mit diesen Worten hatte ich mich auch schon auf Mailo geschwungen und war losgeritten. Das Wasser des Sees tropfte mir immer noch von den Haaren, als ich das Dorf erreichte. Ein paar der Häuser standen in Flammen, die Menschen rannten hektisch durch die Gegend und einige Meter vor mir auf dem Weg stand ein Dämon.

Ich wollte kaum meinen Augen trauen, doch wie konnte ich ihn ignorieren? Der Dämon war knapp drei Köpfe größer als ich und schien aus Steinen zu bestehen. Es gab Risse in den Steinen und darunter glühte es tiefrot. Seine Gestalt ähnelte jedoch der eines Menschen und er schien scharfe Krallen aus Stein zu besitzen, mit welchen er gerade die Haustür von Rosalie, Pete und Phina zerstörte. Hoffentlich waren sie nicht zuhause, denn er war beinahe im Haus.

So einen Dämon hatte ich noch nie in meinem Leben gesehen, nicht einmal im Krieg der Dämonen.

Ich stieg von Mailo ab und zog mein Schwert. Gerade als ich auf ihn losgehen wollte hörte ich Liams Stimme von der Seite des Dämons: „Hey du übergroßer Felsbrocken! Hier bin ich!" Liam warf dem Dämon einen Stein gegen den Kopf was ich für nicht sehr effektiv erachtete. Doch der Dämon ließ die beinahe zerstörte und an manchen Stellen brennende Tür in Ruhe und drehte sich zu Liam um. Dieser lief langsam rückwärts und achtete darauf, die Aufmerksamkeit des Dämons nicht zu verlieren. Da tauchten hinter dem Dämon Niall und Anya auf, holten möglichst geräuschlos Rosalie und Pete aus dem Haus und schickten sie in meine Richtung.

Als Rosalie mich erreicht hatte, Petes Arm fest umklammert, flüsterte sie sofort: „Phina??" „Ich habe ihr befohlen beim Diamantsee zu warten. Nehmt Mailo und bringt euch in Sicherheit!", antwortete ich leise und drückte ihr die Zügel in die Hand. Sie nickte dankbar, dann gingen sie los.

Liam versuchte inzwischen mit seinem Schwert den Arm des Dämons zu erwischen, doch es schien seiner Haut überhaupt nichts anzuhaben. Nun rannte ich schließlich auf den Dämon zu, nahm all meinen Mut zusammen und stieß ihm das Schwert von hinten in einen der Risse tief hinein. Von der Seite hörte ich Anya rufen: „Sehr gut! Nimm das!"

Doch kaum war das Schwert unter der Haut des Dämons konnte ich zusehen, wie es innerhalb weniger Sekunden schmolz. Nur der Griff fiel glühend auf den Boden, der Rest war einfach geschmolzen. Der Dämon hatte es aber wohl gespürt, denn er wirbelte herum und schlug mit seiner krallenbesetzen Hand nach mir. Ich versuchte einen Schritt nach hinten zu machen, doch war zu langsam. Und da geschah etwas sehr Interessantes: In der Sekunde, in welcher der Dämon mit seinen Krallen auf meine Brust traf, schrien wir beide auf und die Krallen des Dämons wurden dunkel und dampften.

Ich fiel stöhnend zu Boden und presste meine Hand auf die tiefe Wunde über meiner Brust. Die Schmerzen zuckten durch meinen ganzen Körper, doch dann sah ich den Dämon und kombinierte schnell. „Das Wasser", murmelte ich zuerst, doch dann sah ich zu Liam und rief: „Es ist das Wasser! Das verletzt ihn! Du musst ihn zum Brunnen locken!"

Liam nickte, dann schlug er mit seinem Schwert wieder auf den Dämon ein, wobei er versuchte nicht die glühenden Risse zu treffen. Es funktionierte und der Dämon folgte ihm wieder, nun aber schneller, denn er schien wütend zu sein.

Niall und Anya eilten zu mir, als mir schwarz vor Augen wurde.

Kyan

Der Wind rauschte an meinem Gesicht vorbei, als ich majestätisch durch die Lüfte glitt. Sanft landete ich auf der Spitze des höchsten der Phönix-Berge. Die Spitze des Berges ragte gerade so aus den dunklen Wolken heraus, die heute den Himmel verdeckten. Um die Menschen nicht zu erschrecken verließ ich den Spiegelwald meistens nur, wenn ich über den Wolken fliegen konnte, oder eben bei Regen, denn wenn die Sonne schien war ich sehr leicht am Himmel zu entdecken.

Die Himmelsfeen färbten die Himmeldecke dunkelrot mit ein wenig orange und die Sonne stand schon tief. Kaum zu glauben, dass es nur wenige Meter weiter unten trist regnete, während hier oben die ganze Welt friedlich wirkte. Durch das Licht der Sonne funkelten meine Flügel von den wunderschönsten Blautönen bis hin zu einem hellen, fast gelben, Grün. Das hier war mit Abstand mein Lieblingsort auf der ganzen Welt. Wofür ein Mensch eine mehrtägige Wanderung und einen gefährlichen Aufstieg auf sich nehmen musste, musste ich nur ein paar Mal mit den Flügeln schlagen.

Bei diesem Anblick dachte ich, dass mein Leben doch nicht so schlimm war. Für einen Moment liebte ich es, ein geflügeltes Monster zu sein. Stärker und schneller als jedes andere Monster. Frei von jeder Angst. Mit diesem Gedanken breitete ich die Flügel aus und ließ den kühlen Abendwind in jede Faser meines Wesens eindringen.

Dann ließ ich mich langsam nach Hinten fallen. Während ich mit dem Kopf voraus in die Tiefe stürzte sah ich für einen Moment nichts mehr, da ich von den grauen Wolken umgeben war. Dann hatte ich die Wolkendecke schließlich durchbrochen und breitete schnell die Flügel aus, um nicht auf dem Waldboden aufzuschlagen. Einen Moment lang ließ ich mich vom Wind tragen, dann legte ich die Flügel an und raste im Sturzflug den Abhang hinunter. Der Regen peitschte mir mit unfassbarer Geschwindigkeit ins Gesicht, doch meine Haut war dick. Auch in solchen Momenten konnte ich jede Faser meines Wesens genießen. Es gab keine Worte, um ein solches Gefühl der Freiheit zu beschreiben.

Schließlich erreichte ich den Spiegelwald. Der Spiegelwald erhielt seinen Namen durch die magischen Spiegelbäume. Sie hatten einen bis zu zwanzig Meter hohen Stamm ohne Äste. Dann folgte die

Baumkrone, welche mit ahornähnlichen Blättern bestückt war. Diese Blätter waren im Frühling grün, im Sommer türkis bis blau, im Herbst wurden sie orange bis rot und im Winter wurden sie schwarz. Seine prächtigen Farben hatte der Spiegelbaum der Magie zu verdanken, die tief in seinem Stamm verborgen war.

Spiegelbäume hatten nämlich die Fähigkeit, ihre Umgebung genau zu beobachten. Hielten sie ein Ereignis für schön, wichtig oder waren von den Handlungen fasziniert, so speicherten sie die Erinnerung daran in ihren langen Wurzeln. Wenn sich Menschen in den Spiegelwald wagten, dann beschlossen die Bäume oft ihnen die Erinnerungen zu zeigen. Sie spiegelten sie in der Luft wider. Eine solche Erinnerung war jedoch kaum von der Realität zu unterscheiden, weshalb die meisten Menschen den Spiegelwald mieden. Viele seien darin schon verrückt geworden, da sie dort eine jüngere Version von sich selbst oder einen verstorbenen Freund sahen.

Mit diesem Gedanken wurde ich schließlich mit dem Tod konfrontiert. Innerhalb eines winzigen Moments stürzte meine Fröhlichkeit eine Klippe hinab und zerschellte unten an den Felsen in Millionen kleinste Teile. Egal wie wunderschön die Sonnenuntergänge auch sein mögen, wie schnell ich auch fliegen würde, wie zart mir der Wind durch die Flügel bließ oder wie laut ich auch schreien mochte, nichts würde jemals die Leere in meinem Innern füllen. Dieses klaffende schwarze Loch, wo jemand sein müsste. Ein Freund. Eine Mutter oder eine Schwester. Eine Partnerin. Ein Kind.

All das könnte ich niemals haben und diese Tatsache erfasste mich wie ein rollender Stein. Wie gerne würde ich nur ins Dorf der Menschen fliegen und ihnen sagen, dass ich sie nur beschützte, doch ich konnte nun mal nicht sprechen und die Menschen hatten schon seit ihrer Kindheit gelernt, dass ein Kyan das Boshafteste ist, was es auf der ganzen Welt gab. Kein Wunder also, dass ich mich nicht in ihr Dorf traute. Sollten die Menschen nicht bei meinem Anblick verschwinden, dann würden sie vielleicht auf mich los gehen und obwohl sie keinerlei Gefahr für mich darstellen konnten, so war ich doch eine für sie. Aus Reflex eine falsche Bewegung und ich würde ihr Blut an meinen scharfen Krallen haben.

Zudem würde ich dort vermutlich unachtsam werden. Ich wusste genau, was passieren würde, wenn ich nicht immer 100 Prozent konzentriert war. Dann hätte ich nur noch mehr Blut an meinen Krallen.

Ich hatte einfach akzeptiert, dass ich der Wächter des Portals war und dass diese Aufgabe eine einsame war.

Sollte ich sie einmal vernachlässigen, würde ich mir nur noch mehr Schuld aufladen und diese Schuld wurde ich nie wieder los. Nur weil ich mir erlaubte zu träumen, mussten Männer, Frauen, Kinder oder auch Tiere sterben. Ich würde alles tun, was ich konnte, um diese Schuld nicht noch größer werden zu lassen.

Charles

Als ich die Augen öffnete sah ich alles verschwommen. Mir war ein wenig kalt, doch ich fühlte mich wohl. Von der Seite spürte ich die Wärme eines Feuers, das in einem Ofen knisterte. Ich schien auf einem Bett zu liegen. Für einen Moment genoss ich es einfach, dem Spiel des Feuers zuzuschauen, doch dann kamen mir langsam die Erinnerungen zurück und ich wollte mich ruckartig aufrichten, wobei ich jedoch nun wieder spürte, dass ich verletzt war und mich stöhnend zurück auf das Bett fallen ließ.

„Anya, er ist wach!", hörte ich Nialls Stimme durch den Raum hallen und nun bemerkte ich, dass mein Kopf dröhnte. Mit einem schwachen Stöhnen nahm ich die Hände an den Kopf und drückte gegen meine Stirn. Meine Hände waren kühl, was ein angenehmes Gefühl erzeugte.

Da kam Anya herein, setzte sich zu mir ans Bett und musterte mich einen Moment. Dann sagte sie, ohne den Blick von meiner Wunde abzuwenden: „Niall, hol mir bitte ein paar frische Tücher und einen Eimer sauberes Wasser." Er stand auf und folgte zitternd ihren Anweisungen, während Anya vorsichtig die blutigen Tücher auf meiner Brust anhob, um meine Wunde genauer zu begutachten. Niall war immer ein wenig überfordert, wenn jemand verletzt war. Anya hingegen war praktisch die einzige Ärztin im Dorf.

Ich hatte zwei tiefe Kratzer über der linken Brust. Der eine war nicht sehr lang und auch nicht ganz so tief, der zweite jedoch war fast so lange wie meine ganze Hand und auch tief.

„Was ist passiert?", presste ich zwischen den Zähnen hindurch, um von den Schmerzen abzulenken. Wieder wandte Anya den Blick nicht von der Wunde ab, als sie antwortete. „Der Lava-Dämon hat dich erwischt, weißt du nicht mehr? Bevor er dich aber ausgeknockt hat, hast du noch bemerkt, dass er so sehr auf das Wasser an dir reagiert hat. Liam und ich haben ihn zum Brunnen gelockt und konnten ihn dort mit genügend Wasser angreifen, dass er erstarrte. Wie wenn man Lava ins Wasser wirft. Er ist versteinert."

„Gibt es Verletze?"

„Nun… Nicht so wie du. Die meisten sind nur leicht verletzt, aber ein paar… haben es nicht geschafft."

„Wer?". Meine Stimme zitterte ein wenig.

„Der alte Jefferson und seine Tochter Julie. Ihr Haus war eingestürzt und wir konnten sie nicht rechtzeitig rausholen. Sie sind am Rauch erstickt. Julies Sohn war aber gerade bei einem Freund spielen und hat daher überlebt.", Anya machte eine lange Pause. Zum ersten Mal blickte sie mich nun direkt an und hörte einen Moment auf an meiner Wunde zu arbeiten.

„Da ist noch etwas..." Sie seufzte tief. „Es geht um Phina."

Nun machte sich in meinen Augen Panik breit. Mein Herz setzte einen Schlag aus.

„Rosalie hat mir gesagt, du hättest Phina befohlen am See zu warten, stimmt das?"

Ich nickte, wobei mein Kopf noch mehr schmerzte.

„Nun... Wie es aussieht hat sie nicht auf dich gehört..." Anya blickte einen Moment zu Boden, dann sah sie mich wieder an und ich ahnte schon, was ihr so schwer fiel mir zu sagen.

„Sie scheint dir gefolgt zu sein und ist zurück zum Dorf gekommen. Dabei ist sie dem Dämon direkt in die Arme geritten. Minou ist natürlich erschrocken und stieg, wobei Phina sich nicht halten konnte und stürzte. Unglücklicherweise ist sie mit dem Kopf auf einem Stein gelandet... Ihr Herz schlägt noch, aber sie will einfach nicht aufwachen. Ich denke wir müssen einfach abwarten, doch ich bin mir nicht sicher, ob sie überhaupt noch einmal aufwachen wird."

Bevor ich diese furchtbaren Nachrichten ganz verstanden hatte kam Niall zur Tür herein und brachte die frischen Tücher und Wasser. Ich bekam etwas zu trinken, dann musste Anya meine Wunde auswaschen, was fruchtbar schmerzte. Kaum hatte sie die neuen Tücher darauf gelegt und sie mit einem Verband befestigt, da war ich schon wieder eingeschlafen. Die folgende Nacht schlief ich sehr schlecht. Ich hatte ein wenig Fieber bekommen und das Dröhnen in meinem Kopf ließ kaum nach. Zudem musste ich immer an Phina denken. Wäre ich doch bloß bei ihr geblieben! Was hatte ich mir nur gedacht? Sie hatte doch noch nie auf mich gehört! Ich war so ein Idiot.

Als der Mond schon ganz hoch stand, schlief ich schließlich doch mit pulsierendem Kopf und furchtbaren Gewissensbissen ein.

Am nächsten Morgen erwachte ich allein im Zimmer. Ich hatte dieses Herumliegen satt und versuchte mich aufzurichten. Beim ersten Versuch ließ ich mich wieder zurück ins Kissen fallen, beim zweiten jedoch schaffte ich es, mich langsam und schmerzerfüllt aufzurichten. Einen Moment blieb ich am Rand des Bettes sitzen. Nicht, weil ich nicht aufstehen wollte, sondern weil mir der Kopf dröhnte und der Schwindel drohte, mich zu überwältigen. Doch nach einigen Sekunden hatte mein Kopf sich beruhigt und ich stand vorsichtig auf.

Sehr langsam und behutsam zog ich mir das neue Hemd, dass neben dem Bett über einem Stuhl hing, über und trat zur Tür. Als ich sie öffnete musste ich die Augen zusammenkneifen, denn die Herbstsonne strahlte mir mit voller Kraft ins Gesicht. Kaum hatten sich meine Augen daran gewöhnt, lief ich los. Ich wusste genau, wo ich hinwollte, doch als ich schließlich vor Rosalies neu eingebauter Tür stand und meine Hand schon um den Türknauf gelegt hatte, hielt ich einen Moment inne.

Natürlich wollte ich sehen, wie es Phina ging und ob Rosalie oder Pete meine Hilfe bräuchten, doch was, wenn sie mich nicht sehen wollte? Ich war schuld daran, dass ihre Tochter vielleicht niemals wieder aufwachen würde! Ich hatte solche Angst vor ihrer Reaktion, doch dann traute ich mich schließlich und öffnete langsam die nicht mehr knarrende Tür.

Phina lag in ihrem Bett und wenn ich es nicht besser gewusst hätte, dann hätte ich behauptet, dass sie schläft. Rosalie saß am Bettrand und hielt die Hand ihrer Tochter. Auf dem kleinen Holztisch stand eine Tasse Tee, die noch fast voll war. Sie schien schon abgekühlt zu sein, denn sie dampfte nicht mehr. Pete war nirgends zu sehen.

Als Ich die Tür hinter mir schloss wurde Rosalie aus ihren Gedanken gerissen und drehte sich um. Ohne etwas zu sagen stand sie auf und ging schnellen Schrittes auf mich zu. Einen kurzen Moment lang überlegte ich mir, ob ich schnell wieder gehen sollte, doch egal was Rosalie mir nun an den Kopf warf – ich hatte es verdient.

Doch als Rosalie mich schließlich erreicht hatte, tat sie etwas, womit ich überhaupt nicht gerechnet hatte: Sie umarmte mich. Obwohl es furchtbar schmerzte, wehrte ich mich nicht, denn ich brauchte das genauso dringend wie sie. Als sich die Umarmung löste, wischte sich Rosalie eine Träne aus den Augen und ich begann zu stottern: „Oh Rosalie. Es tut mir so schrecklich leid! Ich hätte sie niemals allein lassen sollen... wäre ich doch nur bei ihr geblieben, oder hätte sie mitgenommen! Ich hätte wissen sollen, dass sie nicht auf mich hören wird..."

„Charles.", sagte Rosalie und sah mich durchdringend an, „Du hast Recht. *Sie* hat nicht auf *dich* gehört. Das Ganze ist doch nicht deine Schuld! Du wolltest nur helfen. Wenn überhaupt, dann sollte ich dir und deinen Freunden danken, denn ihr seid nicht wie die anderen geflüchtet, sondern habt dieses Monster aufgehalten! In meinen Augen seid ihr Helden."

Ich senkte den Kopf, da sprach Rosalie noch einmal lauter: „Hast du gehört? Mach' dich nicht dafür verantwortlich, du hast schon genug auf deinen Schultern zu tragen."

Bevor ich antworten konnte öffnete sich die Tür und Pete kam herein. Er hatte einen Strauß Blumen in der Hand und zeigte sie Rosalie stolz. Bevor sie wieder aufsah hatte ich den Raum schon verlassen.

Im Schneidersitz saß ich auf der Wiese neben dem Brunnen. Vor mir stand der Dämon. Das Wasser, mit welchem Liam und Anya ihn abgekühlt hatten, hatte ihn zu einer gruseligen Statue erstarren lassen. Er hatte ein Bein nach vorne gesetzt, vermutlich hatte er einen Schritt gemacht, dann hatte er seine beiden Arme nach vorne gestreckt und einen ziemlich grässlichen Gesichtsausdruck. Ein wenig sah er zu Boden, weshalb ich von meiner Position aus das Gefühl hatte, dass er mich direkt ansah.

Seit ich Rosalies Haus verlassen hatte, saß ich nun schon hier. Eigentlich wurde diese Sitzposition langsam unbequem und ich wollte gerne aufstehen, doch es gab so vieles, worüber ich nachdenken musste. Außerdem würde Niall mir nur einen Vortrag halten, dass ich mit dieser blöden Verletzung nicht unterwegs sein sollte. Also beschloss ich hierzubleiben. Und während mich dieser Dämon ansah, als würde er mich noch selbst nach dem Tod verspotten, da hatte ich eine waghalsige Entscheidung getroffen.

Ich hatte bis zu diesem Angriff nicht gedacht, dass die Dämonen tatsächlich zurückgekehrt waren, doch nun war die Bedrohung real. Nicht nur das, sie hatte zwei großartige Menschen aus dem Dorf, welches ICH doch beschützen sollte, das Leben gekostet und vielleicht bald dreien. Doch ich konnte nicht darüber nachdenken, was ich tun würde, wenn Phina nicht mehr aufwachen sollte. Ich musste einfach daran glauben, dass sie es tat.

Jedenfalls hatte mein Bruder wahrscheinlich sein Leben gegeben, um die Dämonen zu verbannen. Die Tatsache, dass sie hier weiterhin herumstiefelten, war wie ein Schlag ins Gesicht. Es war für mich, als wäre Ewan umsonst gestorben, als wäre alles, wofür er stand, beschmutzt. Nun war es meine Aufgabe Ewans Vermächtnis geradezurücken. Koste es, was es wolle.

Plötzlich wurde ich aus meinen Gedanken gerissen, da Niall auf mich zukam und sich schon von Weitem beklagte: „Was machst du denn hier? Du solltest nicht hier draußen mein, die Wunde könnte sich..." Mein Freund verstummte, als er meinen ernsten Gesichtsausdruck sah. Ich sah ihn an und fragte ohne jegliche Erklärung: „Würdest du mir folgen?"

Ich hatte mir schon jede erdenkliche Antwort überlegt, die ich von Niall erwarten würde. Von: „Wohin?", bis zu: „Jetzt gleich?", hatte ich mir alles ausgedacht. Doch ohne zu zögern sah mein Freund mich an und antwortete:

„Bis ans Ende der Welt."

Gemeinsam hatten wir noch Anya und Liam ins Boot geholt, unsere Vorräte gepackt, den Dorfbewohnern unser Vorhaben kurz erklärt und waren am nächsten Morgen aufgebrochen.

Kyan

Heute war ein ziemlich normaler Tag gewesen. Es war wunderschönes Wetter, keine einzige Wolke am Himmel, weshalb ich den Spiegelwald nicht verlassen hatte. Oft zweifelte ich an meiner Entscheidung, nur über den Wolken zu fliegen, um die Menschen nicht zu erschrecken. Ich fragte mich, ob sie wohl überhaupt zum Himmel schauen würden, oder ob es nicht auch reichen würde, einfach ganz hoch zu fliegen, um für sie wie ein Vogel auszusehen. Doch für heute war ich noch nicht bereit gewesen, es zu riskieren.

Zudem war der Spiegelwald groß. Hier traute sich sowieso keiner rein, weshalb ich hier ganz für mich war. Nun, ganz allein war ich nie, denn die Waldfeen kamen gelegentlich vorbei, um nach den Bäumen zu sehen, um alte und kranke Bäume zu fällen oder Blätter, die mein Freund der Wind von den Bäumen warf, wieder hinaufzubringen. Oft verirrten sich auch Waldtiere hier hinein, doch meist zeigten die Bäume ihnen Bilder der Menschen und sie verschwanden rasch. Die Bäume und ich waren gute Freunde. Sie boten mir Schutz und etwas Vertrautes. Und wenn ich an den schönen Tagen nicht hinauskonnte, dann zeigten sie mir die

Erinnerungen, die sie gespeichert hatten. Ich konnte oft erkennen, wenn sie mir einen Streich spielen wollten, denn kurz bevor sie eine Erinnerung in der Luft widerspiegelten, wackelte ein einzelnes Blatt. Meistens wehte gar kein Wind und völlig unrealistisch bewegte sich ein Blatt, als würde der Baum mir zuwinken. Darauf folgte dann immer eine Erinnerung.

Damit hielten die Bäume mich bei Laune! Erst heute hatte ich schon viel gesehen! Zum Beispiel hatte hier im nördlichen Teil einst ein junger Mann um die Hand seiner Freundin angehalten. Ihre Antwort hatte ich leider verpasst, aber sie hatte bestimmt „Ja" gesagt. Und im Westen hatte ich beobachtet, wie ein Vater seinem Sohn das Spurenlesen gezeigt hatte. Im östlichen Teil lag ein kleiner Teich, an welchem ich mittags immer vorbeikam, um zu trinken und die Frösche zu erschrecken. Und wie so oft hatte ich mich dann im Süden an ein Reh angeschlichen, nur um dann zu merken, dass die Bäume mir einen Streich spielten. Sie waren das nächste, was ich an „Freunden" hatte. Sie vertrieben mir die Zeit und spielten mir Streiche, wie das eben nur Freunde taten.

Charles

„Also Charles... du weißt wir würden dir natürlich auch ohne konkreten Plan folgen, aber so langsam wäre es für mein Gefühl beruhigender zu wissen, dass du tatsächlich einen hast.", fragte Niall vorsichtig.

„Du Angsthase. Charles weiß was er tut und bestimmt wollte er uns seinen Plan gleich verraten.", warf Anya lachend dazwischen und Niall wurde rot und senkte den Blick.

Ich warf ihm ein verständnisvolles Lächeln zu, dann erklärte ich: „Also. Es gibt zwei Menschen auf der Welt, die die Geschichte meines Bruders besser kennen als ich. Der erste ist Ewan, den wir leider nicht mehr fragen können und der andere ist Arileas."

„Arileas? Der alte Prophet, der damals Ewans Schicksal vorhersagte? Der ist inzwischen bestimmt auch nicht mehr der Jüngste, glaubst du der lebt noch?", fragte Liam kichernd.

„Das werden wir herausfinden. Meines Wissens nach lebt er noch in der Nähe des Schlosses. Wir werden ihn fragen, vielleicht weiß er ja, was genau mit Ewan passiert ist."

Ich hatte zuvor oft an Arileas gedacht. Als ich ihm zum ersten Mal begegnet war, war ich noch sehr klein und ich konnte nicht ahnen, wie sehr sein Wissen mein Leben verändern sollte.

EWAN war damals fünf Jahre alt, Charles war drei. Arileas hatte bereits viele Prophezeiungen ausgesprochen, die sich allesamt bewahrheitet hatten, doch eines Tages sprach er eine Prophezeiung, die so schrecklich war, wie keine andere. Er schrieb dem König einen Brief, in welchem diese Botschaft stand:

"Nach vielen kalten Wintern wird ein Winter kommen, in dem der Schnee nicht liegen bleibt. Und so wie der Schnee verschwindet, so verschwindet auch der Friede, denn mit dem Sommer kommt der Krieg.

Er beginnt, wenn die Sonne ihren höchsten Punkt erreicht, denn mit lautem Geschrei wird sich der Kyan mit seinen Untertanen aus den Tiefen der Unterwelt erheben. Und wenn die Sonne an diesem Tag hinter den Phönix-Bergen verschwindet, werden bereits hunderte Menschen tot sein.

Der Krieg kann nur mit dem Seelenschwert beendet werden und nur ein Kind, geboren im Jahr des letzten Drachen, kann dieses Schwert finden.

Umgeben von Spiegeln wird das Schicksal des Kindes entschieden. Denn dem Kind ist es bestimmt die Schlacht zu gewinnen, aber den Kampf zu verlieren."

So waren die Worte des Propheten. Der König war skeptisch. Der Kyan war bis zu jenem Tag nur eine Legende. Eine Gruselgeschichte, die sich die Kinder am Lagerfeuer erzählten. Jeder kannte die Geschichten und doch glaubte sie niemand. Aber da Arileas noch nie etwas vorhergesagt hatte, dass nicht wahr wurde, machte er sich dennoch Gedanken. Er ließ die Prophezeiung analysieren und kam zu dem Schluss, dass er noch viele Jahre Zeit hatte, um sich auf diesen Krieg vorzubereiten.

Er würde wissen, dass die Prophezeiung der Wahrheit entsprach, wenn der Schnee einmal nicht liegen bliebe. Doch sollte dies passieren, könnte es schon fast zu spät sein, um Vorkehrungen zu treffen und das auserwählte Kind zu finden.

Natürlich fiel ihm auch sofort auf, dass es sich bei dem „Selenschwert" um eine Legende handelte.

Nach dem Schwert hatten schon viele gesucht, doch eine Prüfung musste bestanden werden. Man sagte nämlich, dass ein Geist es geschmiedet und auf die Erde gebracht haben sollte. Dieser Geist sollte es bis heute in der Nähe der immergrünen Wiesen bewachen und jedem, der das Schwert sucht eine Prüfung stellen.

Das Kind, von dem in der Prophezeiung gesprochen wurde, war zu diesem Zeitpunkt fünf Jahre alt, denn vor fünf Jahren hatte Lucio der Große den letzten überhaupt bekannten Drachen erlegt. Somit kamen alle Kinder, die in diesem Jahr geboren waren, in Frage.

Und zu dem letzten Abschnitt wusste der König erschreckend wenig. Eines Tages fiel ihm auf, dass „umgeben von Spiegeln" vermutlich nur auf den Spiegelwald hinweisen konnte, doch ihm war nie klar, wie jemand „eine Schlacht gewinnen, aber einen Kampf verlieren" konnte. Insgeheim vermutete er, dass das nur große Worte waren und dass sie bedeuteten, dass der Auserwählte zwar den Krieg beenden würde, aber auch in seinem letzten Kampf sterben würde.

All diese Erkenntnisse und die Befürchtung, dass dieser schreckliche Krieg tatsächlich kommen könnte, veranlassten den König zu handeln. Er wusste jedoch, dass er das Volk in Angst stürzen würde, wenn er die ganze Prophezeiung offenbarte. Deshalb beschloss er nach reiflicher Überlegung nur die wichtigsten Punkte bekannt zu geben.

So verschwieg er den genauen Zeitpunkt des Krieges. Er verschwieg auch, wie unglaublich schrecklich dieser Krieg sein würde. Letztlich ließ er nur die letzten beiden Abschnitte, also die Abschnitte, die Hoffnung verkündeten, da sie von einem auserwählten Kind und einem magischen Schwert sprachen, öffentlich bekannt geben.

Und um sicher zu stellen, dass dieses Kind auch gefunden würde, erließ er einige Gebote. So musste jedes Kind, dass im Jahr des letzten Drachen geboren war, die Kunst des Schwertkampfes erlernen.

Ewan war eines dieser Kinder.

Seit er acht Jahre alt war musste er zweimal in der Woche zum Schloss reiten und den Schwertkampf lernen. Immer wenn seine Mutter nicht aufpasste, zeigte er seinem kleinen Bruder Zuhause heimlich, was er Neues gelernt hatte.

Zudem befahl der König, dass diese Kinder an ihrem 18. Geburtstag die Prüfung des Seelenschwertes absolvieren mussten. Damit war der König sich sicher, die Prophezeiung abgewandt zu haben. Sollte sie wahr sein, so würde das Kind das Schwert finden und wissen, wie es damit kämpfen konnte. Doch tief in sich hoffte er, dass sie nicht wahr würde. Das hoffte er auch noch viele Jahre später. Er hatte die Prophezeiung schon tief in sein Innerstes verdrängt und doch verspürte er jedes Jahr eine gewisse Erleichterung, als der Schnee die Felder bedeckte.

Und so kam es, dass der König eines Winters aufwachte und es nicht schneite. Auch an den darauffolgenden Tagen schneite es nicht. Es gab kurze Schneeschauer, doch niemals blieb der Schnee liegen. Und da wusste der König, dass sein Königreich dem Untergang geweiht war.

Meine Gedanken wurden unterbrochen, da Liam mich nach einem Apfel fragte, der sich in meiner Tasche befand. Ich hatte gar nicht bemerkt, dass wir schon so lange unterwegs waren, doch wir standen schon mitten im Spalt-Wald. „Lasst uns hier kurz eine Pause machen, jeder isst ein wenig und dann laufen wir weiter. In wenigen Stunden wird die Dämmerung einbrechen und dann sollten wir die Brücke überquert haben. Dort können wir dann ein Lager aufschlagen."

Während die anderen noch aßen, warf ich einen Blick auf die Karte, die Niall vor einiger Zeit gemalt hatte. Es war nur ein Ausschnitt des Königreiches und Niall war auch nicht allzu gut darin. Er zeichnete gerne und er konnte auch meist einfangen, was er zeigen wollte, doch ein besonders begabter Zeichner war er nicht. Ich hatte ihn, als er mir die Karte zum ersten Mal zeigte, darauf hingewiesen, dass unser Dorf größer als das Schloss war, was, realistisch gesehen, sehr fragwürdig war.

Daraufhin hatte er einen Rahmen darum gemacht und behauptet, das sei lediglich eine Vergrößerung dieses Ausschnitts, um auch alle unsere Häuser zu sehen, wie das bei manchen Karten üblich war.

Doch eigentlich war das auch egal. Man sah den Diamant-See, einen Teil des gewaltigen Spiegelwaldes, darunter den Spalt-Wald, der vom Fluss getrennt wurde, die Dörfer, die danach kamen, das Schloss und natürlich die Phönix-Berge. Eigentlich ist es mehr eine Gebirgskette, doch Phönix-Berge klingt einfach besser.

Momentan befanden wir uns im „unteren" Teil des Spalt-Waldes. Von hier müssten wir nun die Brücke überqueren, uns dann rechts halten und dem Fluss folgen. Am Rande des Flusses führte nämlich eine Passage durch die Phönix-Berge.

Einmal auf der anderen Seite der Berge angekommen - hier endete leider Nialls Karte - mussten wir nur noch den Düsterwald durchqueren und Richtung Norden gehen. Schon bald würden wir dann das Dorf erreichen, in welchem Arileas zuletzt gelebt hatte und sich hoffentlich noch aufhielt.

Kyan

Ich hatte eine Auszeit gebraucht um nicht verrückt zu werden und da es sehr bewölkt war, hatte ich beschlossen, etwas weiter zu fliegen als meistens. Bis zum Meer bin ich geflogen! Das war wunderschön. An diesem Tag hatte es zwar ganz schön gestürmt und ich konnte kaum geradeaus fliegen, aber die meterhohen Wellen auf dem Meer waren der Wahnsinn!

Der Ozean verwunderte mich immer wieder. Die Kraft, die Energie, das Wasser, der Wind. Wenn man so über die Wellen glitt, die ineinander krachten und das Wasser dann bis zu mir hoch spritzte, dann konnte man sich selbst als Kyan bedroht fühlen. Ich war schon ein paar Mal an diesem Meer gewesen, weshalb ich es auch schon ganz anders erlebt hatte. Zum Beispiel, wenn kein einziges Lüftchen ging und das Meer wie ein gigantischer Spiegel da lag, der den Vollmond reflektiert. Deshalb fand ich das Meer so schön. Es konnte sich von einem Tag auf den anderen grundlegend ändern.

Da war der Diamantsee unter mir schon ziemlich lächerlich dagegen. Der lag jeden Tag wie eine überdimensionale Pfütze da und das ganze Gerede von seinem Gefunkel im Mondschein war ein wenig übertrieben, wenn man mich fragte.

Nun flog ich einfach zurück zum Spiegelwald und schaute mal, ob ich nicht ein paar Waldfeen erschrecken konnte.

Kaum hatte ich den Spiegelwald erreicht hörte ich einen ungewöhnlichen Klang. Ich ließ mich auf der Spitze eines Baumes nieder und versuchte dem Klang ein Bild zuzuordnen. Nach kurzer Zeit bemerkte ich, dass es Stimmen waren. Irgendwo hier liefen Menschen. Doch sie hatten aufgehört zu sprechen und ich konnte sie nicht sehen. Vorerst beschloss ich aber über den Bäumen zu bleiben, um sie nicht sofort zu erschrecken.

Endlich konnte ich sie sehen! Es waren ein Mann und eine Frau, beide hatten blonde Haare. Sie hätten Geschwister sein können.

Eigentlich sollte mich das Ganze nichts angehen, doch ich war nun einmal sehr neugierig. Darum beschloss ich ihnen zu folgen. Natürlich mit viel Abstand, sodass sie mich nicht sahen.

Charles

Nach der Pause gingen wir gestärkt weiter und wie erwartet konnten wir unser Lager im oberen Teil des Spalt-Waldes aufschlagen und dort die Nacht verbringen. Als wir am nächsten Tag erst gegen vormittags aufbrachen - Liam war bei seiner Wache eingeschlafen und hatte uns daher nicht geweckt - und am späten Nachmittag aus dem Spalt-Wald herauskamen, merkte ich, dass Nialls Karte keinesfalls maßstabgetreu sein konnte.

Die Wiese zwischen dem Wald und den Bergen war auf der Karte nur ein kleines Stück, weniger als von unserem Dorf zum Diamant-See, doch das war eine gewaltige Untertreibung!

Es dauerte eine ganze Weile, bis wir die schier endlose Wiese hinter uns lassen konnten. Mein Blick schweifte müde von der Reise zurück über die sehr lange, hinter uns liegende Wiese, die Berge vor uns und schließlich zum Himmel. Dunkle Wolken schienen uns zu verfolgen und vermutlich würden wir bald schon im Regen stehen. Plötzlich stoppte ich und sagte grinsend: „Ich denke ich habe den perfekten Ort gefunden, um die Nacht trocken zu verbringen!" Niall folgte als erster meinem Blick und sah was ich hinten im Wald entdeckt hatte. Erfreut rief er: „Ein Giganego! Perfekt!"

Für die, die es nicht wissen, ein Giganego - Niall hatte ihm diesen Namen gegeben, die meisten nannten ihn nur Regenfänger - war ein riesiger Pilz. Unter seinem Schirm hätte sogar ein kleines Häuschen Platz. Zudem war seine Oberfläche undurchlässig für Sonnenlicht oder Regen, weshalb unter ihm nicht einmal Gras wachsen konnte. Niall gab ihm deshalb den Namen, der eine Abkürzung für „Gigantischer Egoist" war.

Es war zwar noch nicht einmal richtig spät, als wir den Pilz erreichten, doch wir wollten die Berge nicht nachts durchqueren. Daher beschlossen wir ein Lager unter dem Giganego aufzuschlagen und bis zum nächsten Morgen zu warten.

Als wir dort unter unserem riesigen Regenschirm saßen und es dann wie erwartet regnete, da musste ich an die Zeit vor all dem hier denken und sagte: „Niall weißt du noch, als wir beide und Ewan uns oft aus dem Dorf zum Diamantsee schlichen und die kleinen Schiffe und Boote beobachteten, die verschiedene Güter von einem Dorf zum anderen brachten? Bis uns unser Lehrer eines Tages eine Geschichte von einem riesigen Wassermonster erzählte, welches ganze Schiffe in den Abgrund riss, ohne dabei gesehen zu werden. Er hatte sich erhofft, dass wir dann nicht mehr abhauen würden, doch wie sich herausstellte gingen wir nur noch öfter, da wir nun immer das Monster sehen wollten. Aber irgendwann gaben wir auf und vermuteten, dass es dieses Monster gar nicht gab."

Niall kicherte: „Oh ja. Das waren noch Zeiten! Keine Dämonen, kein Krieg und keine Auserwählten. Ewan war einfach Ewan und nicht das berühmte Kind aus der Prophezeiung. Wir waren so normal. Als Kind wünschst du dir, dass es Monster gibt, damit das Leben etwas spannender wird. Und jetzt wünschen wir uns, dass es keine Monster mehr gibt, damit wir endlich ein ruhiges Leben führen können."

Niall hatte nicht unrecht. Als Kind hatten wir uns die Monster eben vorgestellt und wie wir sie mutig bezwangen. Doch jetzt wünschten wir uns, dass wir nicht jeden Tag in Angst vor ihnen leben müssten. Wie die Zeiten sich änderten.

Wir unterhielten uns noch eine ganze Weile, bis die Sonne sich schließlich hinter den weit entfernten Bäumen des Spiegelwaldes versteckte. Trotz des drohenden Spätsommerregens war es nicht sehr kalt und ich war schnell eingeschlafen.

Wenige Stunden später, der Mond stand schon sehr hoch, erwachte ich, da Niall mich vorsichtig an der Schulter stupste und flüsterte: „Charles, sieh doch!" Zuerst hörte ich nur den prasselnden Regen, doch als ich die Augen öffnete, wurde mir schnell klar, was meinen Freund so begeisterte.

So wie es aussah, waren wir nicht die einzigen, die sich hier unterstellten. Über uns, an der Decke des Pilzes, hatten sich unzählige Glühwürmchen versammelt, um dem Regen zu entkommen.

Von außen musste der Pilz bestimmt ein unwirkliches Leuchten abgeben, was vermutlich schon ziemlich faszinierend aussah, doch von hier unten war es noch viel schöner! Als wären die Sterne noch heller geworden und noch viel näher gerückt. Dass die Glühwürmchen nicht stillstanden, machte das Ganze noch viel wunderbarer.

Ich lächelte, doch Niall sah es nicht, da er seinen Blick auf Anya gerichtet hatte, die tief schlief. „Weck' sie nicht. Sonst müssen wir sie morgen vermutlich genervt aushalten. Sie teilt einfach nicht immer deine Begeisterung für die kleinen Dinge.", flüsterte ich mitfühlend und klopfte ihm mit der Hand auf die Schulter. Ein kleines Lächeln huschte über sein Gesicht, als würde ihm das nichts ausmachen, dann sah er wieder hoch zu den tanzenden Lichtern. Manchmal war er vielleicht ein Träumer, doch ohne ihn hätte ich diesen Moment vermutlich nicht bemerkt und nicht so wertgeschätzt, wie ich es nun tat. Der Geruch des Regens, der sich leicht mit den Düften des Pilzes vermischte, das Geräusch, wie der Regen dumpf auf dem Schirm des Pilzes abprallte und die leichte Brise, die wärmer als erwartet mein Gesicht umspielte. Der Moment war perfekt, nur Ewan fehlte.

Plötzlich musste ich daran denken, wie damals alles begann und während ich einschlief, dachte ich an ihn.

EWAN und Charles reisten, wie der König es befohlen hatte, an seinem 18. Geburtstag zu den immergrünen Wiesen, die nordwestlich des Schlosses lagen.

In der Mitte der Wiese – die tatsächlich grüner war als alles, was sie bisher gesehen hatten – war ein Loch, mehrere Meter breit. Charles umarmte Ewan noch und sagte, er würde das schon schaffen, dann befestigte er an seinem Pferd das lange Seil, das sie mitnehmen sollten. Ewan band sich das Seil um den Bauch und seilte sich dann in die Tiefe des Loches ab. Irgendwann rief er von unten, dass er nun den Boden erreicht hatte. Also setzte sein Bruder sich und wartete. Das war eine Sache, bei der er ihm nicht helfen konnte. Das musste er allein schaffen oder eben nicht.

I. Test

Ewan betrat eine Höhle, deren Wände feucht waren und dessen Inneres nur durch ein paar Fackeln an den Wänden beleuchtet wurde. Es roch ein wenig nach Salzwasser, was ihn an die Ausflüge ans Meer erinnerte. Er fragte sich, von wem und vor allem wann diese Fackeln entzündet wurden. Dann entdeckte er vor sich drei Kästchen. Jedes stand auf einem schweren Sockel aus Stein und sah anders aus als die anderen. Vor ihnen stand ein weiterer schwerer Stein, in den in einer verzierten Schrift geschrieben stand: **"Nur eines."**

Ewan verstand. Er musste sich für eines der drei Kästchen entscheiden, da er die Prüfung vermutlich sofort nicht bestand, wenn er mehrere Kästchen öffnete. Also nahm er sich eine Fackel von der Wand und leuchtete damit die Kästchen an, um eine bessere Entscheidung treffen zu können.

Das erste Kästchen war rot, orange und gelb. Es hatte ein Flammenmuster, das unglaublich realistisch war. Im Schein seiner Fackel konnte Ewan beinahe meinen, das Kästchen stünde in Flammen. Dieses Kästchen wirkte für Ewan wie

Mut, Risikobereitschaft und vor allem Stärke.

Das zweite Kästchen war hell- und dunkelgrün und war mit Blättern, Ästen und Grashalmen verziert. Wenn Ewan es ansah, dann fühlte es sich an, als stünde er selbst in einem Wald. Es wirkte wie Lebendigkeit, Hoffnung und Gutmütigkeit.

Das dritte Kästchen war anders. Es war komplett weiß und hatte kein Muster. Doch es wirkte trotzdem nicht leer. Ewan fühlte sich sicher, wenn er es ansah. Es wirkte wie Sicherheit, Ruhe und Überlegenheit.

Ewan war unsicher. Es wirkte, als hätte er die Wahl, ob er Feuer oder Erde nimmt. Oder ob er auf Nummer sicher geht und das weiße Kästchen nimmt. Dieses fühlte sich am wenigsten riskant an. Doch es fühlte sich auch falsch an. Als wäre er nicht bereit eine Entscheidung zu treffen und würde keine Risiken eingehen.

Deshalb schloss er das weiße Kästchen aus. Blieben noch zwei. Das Rote sagte eindeutig zu ihm: "Ich bin Kraft und Stärke. Mir kann sich niemand in den Weg stellen!" Und das Grüne schien zu sagen: "Ich bin Hoffnung und Überzeugung. Ich bin dem Leben treu."

Nach einer langer Überlegung beschloss Ewan das Grüne Kästchen zu wählen. Er öffnete es und kaum hatte er es geöffnet, waren die anderen beiden verschwunden. Im Inneren des Kästchens befand sich ein Schlüssel. Er war, genau wie das Kästchen, grün und der Schlüsselbart ähnelte einem Ahornblatt.

Mit diesem Schlüssel in der Hand bemerkte Ewan nun, dass sich in der Wand hinter den Säulen ein weiterer Eingang befand. War der schon die ganze Zeit hier gewesen? Er war sich nicht sicher, doch es war der einzige Weg, also schnappte er eine Fackel, steckte den Schlüssel ein und ging los.

II. Test

Schon nach wenigen Metern erreichte er einen zweiten Raum. Als er ihn betrat, konnte er seinen Augen nicht trauen. Vor ihm schwebte eine Fee! Das war an sich nichts Ungewöhnliches, denn Feen gab es überall, doch diese Fee war keine Gewöhnliche. Eine wie diese hatte Ewan noch nie gesehen. Niall hatte ihm von den Feen des Himmels erzählt, die blaue oder rosafarbene Kleider trugen und deren Flügel wie Wolken aussahen. Diese Himmelsfeen waren für das Wetter verantwortlich und für die Wolken. Wenn beispielsweise die Sonne untergeht, dann färben diese Feen die Wolken rosa.

Auch hatte Ewan selbst schon Feen des Waldes gesehen, die grüne Kleider trugen und deren Flügel wie Blätter geformt waren. Die kleinen Waldfeen kümmerten sich, wie der Name es schon sagt, um den Wald. Sie färben die Blätter im Herbst rot und kitzeln sie von den Bäumen. Im Frühling dann schaffen sie aus den Resten der alten Blätter neue und befestigen sie an den Bäumen.

Die letzte Feenart, die Ewan bekannt war, waren die Feen des Mondes. Diese Feen trugen dunkelblaue bis schwarze Kleider und hatten Flügel, die wie eine breite Mondsichel geformt waren. Diese Art von Fee war die Einzige, die nicht ganz so freundlich gesinnt war, wie die anderen beiden. Die Mondfeen lebten im Mond und kamen immer bei Vollmond auf die Erde, um den Menschen Streiche zu spielen und sie am Einschlafen zu hindern.

Doch die Fee, die nun vor Ewan schwebte, hatte gelbe Kleider an und ihre Flügel waren anders als die Flügel der anderen Feen. Jede Fee hatte ihre Flügel aus dem Material ihres Elements. So waren die Flügel der Himmelsfeen aus festen Wolken, die Flügel der Waldfeen fühlten sich wie Blätter an und die Flügel der Mond Feen waren etwas härter, wie Mondgestein.

Diese Fee hatte jedoch Flügel aus gelben Federn. Auch schien sie die Flügel nicht zu brauchen, sie schien einfach in der Luft zu schweben.

Das nächste, was an ihr außergewöhnlich war, war ihre Größe. Diese Fee war nur einen Kopf kleiner als Ewan, während die anderen Feen alle nie größer als ein kleiner Hund wurden.

"Hallo, Ewan.", sagte die Fee und ihre Stimme schallte in der Höhle in einem wunderschönen Echo nach. Ewan war verwundert, versuchte jedoch sich das nicht anmerken zu lassen.

"Woher kennst du meinen Namen?"

"Ich weiß noch viel mehr über dich, Ewan. Du bist hier, um dich der Prüfung des Seelenschwertes zu stellen. Du hast den ersten Test hinter dir, obwohl du nicht weißt, ob du ihn richtig gelöst hast."

"Und? Habe ich ihn richtig gelöst?"

"Das wird sich dir zu einem späteren Zeitpunkt noch offenbaren. Jetzt musst du dich zuerst dem zweiten Test stellen. Bist du dafür bereit?"

"Ja."

"Gut. Dieser Test ist ein Rätsel. Ich kann dich erst passieren lassen, wenn du mir die richtige Antwort auf meine Frage geben kannst. Verstanden?" Sie zeigte auf den Tunnel hinter ihr.

"Ja."

"Gut. Mein Rätsel lautet:

Wenn man mich braucht, wirft man mich weg.

Wenn man mich nicht braucht, holt man mich wieder zurück.

Wer bin ich?"

Ewan überlegte. Spontan fiel ihm die Antwort nicht ein.

"Du kannst solange überlegen, wie du möchtest, doch verlässt du die Höhle, so kannst du die Prüfung nicht erneut beginnen."

Da nahm sich Ewan die Zeit, die er brauchte. Er setzte sich auf den Boden und überlegte. Vermutlich ging es gar nicht um eine Person, sondern um einen Gegenstand. Das war bei solchen Rätseln üblich. Doch welcher Gegenstand könnte es sein? Es musste ja etwas sein, das geschaffen wurde, um weggeworfen zu werden. Und wenn man es nun nicht mehr brauchte, dann würde man es wieder zurück holen... Er dachte an sein Zuhause. Wenn mit "wegwerfen" gemeint war, dass man etwas tatsächlich entsorgt, also in den Müll wirft, dann müsste er nur überlegen, wann er zuletzt etwas weggeworfen hatte und es dann wieder aus dem Müll geholt hatte... Doch das machte keinen Sinn! Er würde doch nicht etwas wegwerfen, das er bräuchte!

Genau dieser Gedanke war es, der ihn der Lösung näherbrachte. Vielleicht war ja mit "wegwerfen" gar nicht entsorgen gemeint, sondern tatsächlich werfen, wie man einen Ball wirft. Also überlegte er, welche Dinge zum Werfen da sind. Und wenn man sie geworfen hatte und man bräuchte sie nicht mehr, dann würde man sie wieder zurückholen... Da fiel es ihm schlagartig ein. Er sprang auf und sagte:

"Ich weiß die Lösung! Es geht nicht darum etwas wegzuwerfen, sondern etwas auszuwerfen! Die Lösung ist ein Anker! Wenn man einen Anker benutzt, dann wirft man ihn aus. Und wenn man ihn nicht mehr braucht holt man ihn wieder ein!"

"Sehr gut.", sprach die Fee, "Du darfst dich nun der letzten Prüfung stellen."

Ewan lief an ihr vorbei, doch als er hinter ihr stand und den Tunnel betreten wollte überkam ihn die Neugier. Er drehte sich noch einmal zu ihr um und fragte: "Wieso, wenn ich fragen darf, siehst du so anders aus als die anderen Feen? Jede Fee hat die Flügel aus einem Material. Keine Fee hat Federn, geschweige denn gelbe! Außerdem bist du sehr viel größer als die anderen Feen. Was für eine Fee bist du und warum siehst du so aus?"

Die Fee drehte sich zu ihm um, lächelte und sprach: "Ich bin die Fee des Verstandes. Deshalb werde ich immer so aussehen, wie sich die Person, die mich gerade betrachtet, seinen Verstand vorstellt. In deiner Vorstellung hat der Verstand die Farbe Gelb und ist etwas sehr Großes und Magisches. Ich sehe deshalb für dich so aus, wie ich nun mal gerade aussehe. Deshalb weiß ich auch alles über dich. Ich bin eins mit deinem Verstand. Würde dein Bruder jetzt hier reinkommen, würde er mich vielleicht klein und rot sehen, während du mich immer noch so siehst. Denn den Verstand darf man nie unterschätzen."

Mit diesen Worten drehte Ewan sich um und versuchte sich wieder zu konzentrieren. In der Hand hielt er immer noch die Fackel, die die einzige Lichtquelle in diesem Tunnel war. Es war so dunkel, dass er fast gegen die Wand vor ihm gelaufen wäre. Nein, keine Wand. Eine Tür. Ewan versuchte sie zu öffnen, doch sie war verschlossen. Da hielt er die Fackel etwas näher heran und sah, dass die Tür grün war.

Schnell kramte er den Schlüssel aus seiner Hosentasche und steckte ihn ins Schlüsselloch. Ohne es zu merken hielt er die Luft an, während er versuchte das Schloss zu öffnen. Es fiel ihm ein kleiner Stein vom Herzen, als der Schlüssel passte und er die Tür öffnen konnte. Er hatte den ersten

Test bestanden! Er hatte das richtige Kästchen geöffnet.

Zufrieden öffnete er also die Tür und trat hindurch.

Kyan

Für einen Moment hatte ich die Reisenden verloren, doch jetzt sah ich sie wieder. Ich konnte sie nicht hören, doch der Mann schien etwas zu erzählen, da er viele Handbewegungen machte und die Frau nickte immer wieder. Sie hatten den Spiegelwald in südwestlicher Richtung verlassen und liefen nun auf einer Wiese, der Diamantsee in Sichtweite. Hier war es offen, weshalb ich Abstand halten musste, sonst sahen sie mich. Kurz warf ich einen Blick in alle Richtungen, doch hinter uns war nichts zu sehen.

Und wie ich zu ihnen zurücksah, lagen sie beide im Gras. Ich legte den Kopf schief und fragte mich, was wohl in sie gefahren war. Jedoch bemerkte ich dann schnell das Höllenpferd, welches sie in diesem Moment auch bemerkte.

Diese Dinger waren etwas größer als normale Pferde, doch die hatten weder Haut noch Fell. Sie bestanden nur aus schweren, schwarzen Knochen.

Die beiden Menschen sprangen auf und waren so schlau, dass jeder in eine andere Richtung rannte. Das Höllenpferd ließ sich davon nicht aus der Ruhe bringen und folgte dem Mann. Dieser schien aber auch nicht auf den Kopf gefallen zu sein, da er sofort zum See rannte. Ein Höllenpferd kann nicht schwimmen, daher wäre er dort sicher, doch ich glaubte nicht, dass er es rechtzeitig schaffen würde.

Kurz wartete ich noch, doch das Pferd holte auf und der Mann konnte einfach nicht mehr schneller laufen. Also musste ich eingreifen. Kraftvoll stieß ich mich von dem Baum ab, auf dem ich saß. Mir blieb keine Zeit mehr, um eine Kurve zu fliegen, sodass ich es von hinten angreifen könnte.

Also flog ich schräg von vorne auf die Beiden zu. Der Mann schien mich zu sehen, doch ich konnte nicht genau erkennen, ob er Angst hatte. Vermutlich überlegte er gerade, ob er lieber von mir oder vom Höllenpferd gefressen werden wollte. Wahrscheinlich schloss er innerlich gerade mit seinem Leben ab. Doch fürs erste rannte er einfach weiter.

Inzwischen kam ich beinahe frontal auf ihn zu. Als ich ihn fast erreicht hatte warf er sich auf den Boden. Ich schoss über seinen Kopf hinweg und stürzte mich auf das Höllenpferd.

Zwar konnte ich es mit dem ganzen Schwung beim Aufprall zu Boden reißen, doch wir überschlugen uns daraufhin viele Male. Ich spürte, wie ich mir ein paar Schrammen und Kratzer zuzog, aber das war nichts Ernstes. Wir beide brauchten einen Moment, bis wir unsere Orientierung zurückerlangt hatten. Aus den Augenwinkeln sah ich, wie der Mann in einem großen Bogen an uns vorbei schlich. Das Pferd schnaubte, dann rannte es auf mich zu. Natürlich hatte ich einen guten Plan. Ich würde elegant seinem Angriff ausweichen und versuchen seine Wirbelsäule zu greifen.

Jedoch ist ein Plan nur gut, wenn er dann auch funktioniert. Es war nur der Bruchteil einer Sekunde. Ein kleiner Fehler. Einen kleinen Tick zu langsam. Als der Moment des Aufpralls gekommen wäre, hatte ich mich ganz vorsichtig zur Seite gedreht, sodass das Pferd an mir vorbeirennen würde. Dann wollte ich es von hinten packen.

Doch als ich gerade mit meinem Körper an ihm vorbei war und meinen Flügel hinterher ziehen wollte, da schnappte es nach meinem Flügel und erwischte ihn. Es war sehr schnell gewesen, weshalb mich die plötzliche Richtungsänderung schwer verletzte. Ein stechender Schmerz durchfuhr erst meinen Flügel und dann lähmte mich das Gefühl eine Sekunde und ich sah Sterne. Vermutlich hatte ich gerade ziemlich Glück, dass es mir meinen Flügel nicht ausgerissen hatte. Doch dem Schmerz nach zu urteilen waren die Knochen im Inneren meines Flügels gebrochen.

Nun lag ich auf dem Boden, mein Flügel schmerzte so unglaublich. Das Knochenpferd lief langsam in einem Kreis um mich herum und überlegte sich den richtigen Zeitpunkt, um seine verwundete Beute zu töten. Dieses Spiel schien ihm sichtlich zu gefallen. Am Ende der Wiese konnte ich die Menschen sehen. Sie waren wieder zusammen und überlegten keinen Moment, sondern rannten so schnell sie konnten weg von uns beiden. Der Moment der Erleichterung hielt nur kurz an, da das Pferd schon mit den Hufen scharrte.

Ich brauchte einen Plan - und zwar sofort! Wie zum Teufel sollte ich etwas töten, das gar nicht verbluten konnte, oder dem man wenigstens das Herz rausreißen konnte? Meine Möglichkeiten waren im Moment sehr beschränkt und ich wusste nicht, wie viel mein Flügel noch aushielt...

Die rettende Idee kam mir als ich sah, dass das Pferd ein wenig hinkte. Das linke Hinterbein versuchte es so wenig wie möglich zu belasten. Erst konnte ich nichts sehen, doch dann merkte ich, dass einer seiner Knochen wohl beim Aufprall vorhin beschädigt worden war. So konnte man es also verletzen! Möglichst viel Gewalteinwirkung auf einmal...

Doch mein Plan musste nun beim ersten Mal funktionieren, denn ich glaubte nicht, dass ich das noch lange durchhielt. Das Pferd kam schnaubend auf mich zu gerannt. Ich sammelte all meine Energie, konzentrierte mich und der Moment war wie in Zeitlupe. Mit einem kräftigen Stoß beförderte ich meinen Körper in die Luft, gerade in dem Moment als das Pferd mich erreicht hatte. Natürlich sprang es hoch und schnappte nach mir, doch ich hatte genügend Kraft, um mich hoch genug zu befördern, dass es mich nicht erwischen konnte. Ich war schon wieder auf dem Weg nach unten, als es direkt unter mir war. Da spreizte ich meine Krallen und packte seine Wirbelsäule.

Kurz wirkte es, als würde ich auf dem Höllenpferd reiten, doch dann streckte ich meine Flügel aus und unterdrückte allen Schmerz. Ich begann zu fliegen, die Krallen fest um seine Knochen geschlossen. Jeder einzelne Flügelschlag ließ einen unvorstellbaren Schmerz durch meinen Körper rasen, doch ich unterdrückte ihn so gut es nur ging.

Meine Flügel zitterten und meine Krallen wurden schwach. Eigentlich wollte ich ja auf Nummer sicher gehen und das Pferd in den See werfen, doch es waren noch viele Meter bis dort und ich konnte einfach nicht mehr. Daher hoffte ich nur, dass meine Höhe ausreichend war. Als meine letzte Kraft schwand, löste ich meinen Griff und das Knochenpferd fiel. Es fiel tatsächlich ein paar Sekunden, dann zerschellte es klirrend in seine einzelnen Knochen, als es auf dem Boden aufschlug. Zurück blieb nur ein Haufen schwarzer Knochen.

Ich ließ mich fallen, um meinen Flügel zu schonen und erst wenige Meter vor dem Boden bremste ich meinen Fall.

Charles

Als ich erwachte hatte der Regen bereits aufgehört, weshalb die Glühwürmchen sich auf ihren Weg gemacht hatten. Wir taten es ihnen gleich und nach einiger Zeit hatten wir die Wiese überquert und die Berge erreicht. Dicht am Wasser durchquerten wir die Berge ohne Zwischenfälle und gingen am Fuße der Berge nach Norden, bis wir das Dorf erreichten, in welchem Arileas gewohnt hatte.

Wir hatten kaum die ersten Häuser erreicht, da wurden wir schon neugierig von allen Seiten angeschaut. Es war doch etwas seltener geworden, dass Reisende die Dörfer durchquerten. Ein paar Menschen hatten sich um uns versammelt.

Liam stieß mir sanft den Ellbogen in die Seite und sagte: „Du weißt, dass die uns alle anstarren? Jetzt wäre der richtige Moment für so ne kitschige Ansprache."

„Hallo! Mein Name ist Charles, das sind Anya, Niall und Liam. Wir sind nur auf der Durchreise. Wir sind auf der Suche nach dem Propheten Arileas, der hier vor einigen Jahren gelebt hat."

Eine zierliche junge Frau mit kurzem blondem Haar trat hervor und fragte: „Charles? DER Charles? Bist du der Bruder von Ewan?" Verdutzt zögerte ich einen Moment, doch dann antwortete ich stotternd mit „Ja". Sie nickte und sagte dann, dass wir doch bestimmt müde von der Reise seien und sie uns etwas Tee und Brot anbieten könnte.

Ihr Haus war sehr gemütlich und im Wohnzimmer war, wer ich annahm, ihr Ehemann mit einem Baby im Arm. „Alice, wer sind diese Leute?", fragte der Mann. „Das sind die Leute, die mein Vater gesucht hatte.", antwortete sie und bedeutete mit der Hand, dass wir uns an den Holztisch setzen sollten. „Ihr Vater?", fragte ich.

„Ja, Arileas. Er ist auf der Suche nach dir, Charles. Vor wenigen Tagen hatte er eine Vision. Er hatte gesagt, dass er sie nicht genau verstand und dass er sie unbedingt dir erzählen müsse. Es ging wohl um deinen Bruder."

Mein Herz setzte ein paar Schläge aus. Das könnte der Hinweis sein, nach dem ich seit zwei Jahren suchte. Vielleicht wusste er, was mit Ewan geschehen war und ob er vielleicht doch noch am Leben war. „Hat er gesagt, um was es genau ging?", fragte Anya, denn sie sah, dass ich noch keinen klaren Gedanken fassen konnte.

„Nein, leider nicht. Er sagte nur, dass das alles, was wir über jenen Tag vor zwei Jahren wissen, infrage stellte. Leider habt ihr ihn knapp verpasst. Er ist gestern losgeritten, um dich zu suchen. Er wusste aber nicht, in welchem Dorf du lebst, also wollte er nach Norden, dann an den Bergen vorbei und zum Schloss, um in den Aufzeichnungen danach zu suchen. Wegen seines Rückens kann er aber nicht sehr schnell reiten, ich denke wir können euch ein paar Pferde geben, dann könnt ihr ihn bald einholen.“

Wir bedankten uns, nahmen die drei Pferde an, die sie uns geben konnten und versprachen, sie wieder zurück zu bringen. Dann ritten wir auch gleich los, denn da draußen war es gefährlich und Arileas war ein alter Mann. Er hätte keine Chance gegen einen Dämon.

Ich hatte gesagt, Niall und Anya müssten sich ein Pferd teilen, denn ich kannte Niall schon mein ganzes Leben lang. Er war Hals über Kopf in Anya verliebt, doch er war viel zu schüchtern, um ihr das jemals zu zeigen. Sein Blick, als ich das vorgeschlagen hatte war gleichermaßen fröhlich wie nervös.

Ich lächelte nur zurück und von der Seite warf mir Liam auch ein Grinsen zu.

Wir hatten die Berge schon nach zwei Tagen hinter uns gebracht und konnten das Schloss sehen. Die mannshohen Mauern, die das Schlossareal umgaben, erstreckten sich schließlich vor uns. Sobald wir näher kamen glaubte ich in der Öffnung der Mauern einen Mann mit langem grauem Haar und rotem Gewand stehen zu sehen. Arileas? Er stand einfach nur da, die Handfläche über den Augen, um die Sonne zu verdecken. Sein Blick schien auf uns gerichtet zu sein. Als er uns genauer sah, winkte er mit beiden Armen. Ich warf Niall und Liam einen kurzen Blick zu und wir trieben die Pferde zum Galopp an.

Jede der Mauern, zwischen welchen der Mann stand, führte ungefähr hundert Meter in eine Richtung und machte dann einen Knick nach hinten.

"Charles, dort!", rief Liam mir zu und zeigte auf das linke Ende der Mauer. Da sah ich es auch. Ein Dämon lief die äußere Seite der Mauer entlang, direkt auf den Mann zu, dieser konnte ihn aber nicht sehen. Es war ein dunkelblauer Wolf mit struppigem Fell und er hat zwei Köpfe und sechs Pfoten. Außerdem hat er schwere graue Stacheln am Rücken. Der Mann würde keine Sekunde gegen ihn bestehen können.

Anya sprach sich kurz mit Niall ab, dann stand sie langsam und vorsichtig auf. Niall umklammerte ihre Beine, um ihr möglichst viel Halt zu geben. Der Mann schaute uns immer noch an - die Gefahr sah er nicht kommen. Schon stand Anya relativ sicher und sie holte ihren Bogen hervor. Dann legte sie einen Pfeil an und zielte.

Der Dämon war nur noch wenige Meter vom Mann entfernt. Dieser wirkte ein bisschen verunsichert, da er vermutlich glaubte, Anya wolle ihn erschießen. Daher machte er einen Schritt nach vorne und schaute sich um. Als er aber den Dämon sah, war dieser schon bei ihm und sprang auf ihn zu. Anya ließ den Pfeil los und dieser raste auf die beiden zu.

Beide lagen nun am Boden, keiner regte sich. Ich konnte nicht genau erkennen, wen oder was Anya getroffen hatte. Doch jetzt kamen wir näher und ich sah, dass der Pfeil tief in der Brust des Dämons steckte. Dann sah ich aber, dass der rettende Pfeil eine Sekunde zu spät kam. Der Wolf hatte den Mann bereits in den Hals gebissen. Er verlor sehr schnell sehr viel Blut.

Ich sprang vom Pferd als wir dort waren und drückte sofort meine Hände auf die Wunde des Mannes, der mich benommen ansah. "Charles?", fragte er müde. Das war Arileas! Also hatten wir ihn doch erreicht, aber die Zeit war jetzt knapp. "Ja, ich bin es. Deine Enkelin hat uns von dir erzählt und wir sind dich suchen gegangen." Er lächelte. "Ihr habt mich gefunden."

Niall hielt Abstand, da er so viel Blut nicht sehen konnte, Liam legte ihm die Hand auf die Schulter und Anya kam zu uns, kniete sich neben Arileas und fragte: „Arileas, uns bleibt leider nicht mehr viel Zeit. Du musst uns jetzt sagen, was du gesehen hast." Sie hatte recht. Arileas hatte nur noch wenige Minuten zu leben.

"Ich habe ein Rätsel gesehen." Er hustete kurz, dann sah er mich eindringlich an und sprach: "Ich sah jenen Tag vor zwei Jahren. Ich sah, wie Ewan mit dem Seelenschwert den Spiegelwald betrat.

Dann sah ich, wie der Kyan den Wald betrat. Und nur kurze Zeit später verließ einer der Beiden den Wald."

Mein Herz setzte ein paar Schläge aus, da ich mir nun die Worte ersehnte, auf die ich schon so lange wartete. Arileas schien diese Sehnsucht in meinen Augen zu sehen und fährt fort: "Es tut mir leid, Charles, aber das war nicht Ewan. Der Kyan flog wieder aus dem Wald heraus, als wäre nichts passiert."

Ein Stein schien in meinem Magen einzuschlagen, meine Gedanken rasten durch meinen Kopf und ich flüsterte: „Aber wenn Ewan den Kyan damals gar nicht getötet hat... Wie hat er dann den Krieg beendet?" Arileas zuckte schwach mit der Schulter. "Und genau da haben wir das Rätsel. Ewan betrat den Wald, doch er verließ ihn nicht. Der Kyan betrat den Wald und verließ ihn wieder. Danach starben alle Dämonen auf einmal. Was also war passiert?

Ewan muss an jenem Tag ein Geheimnis entdeckt haben. Er muss einen Weg gefunden haben, wie er den Krieg beenden konnte. Ob der Kyan überhaupt etwas damit zu tun hatte oder nicht, kann ich nicht sagen. Dein Bruder hat den Krieg auf jeden Fall beendet. Ich bin mir aber nicht mehr so sicher, ob der Preis für diesen Sieg sein Leben war. Vielleicht ist Ewan noch am Leben und wenn das der Fall war, dann bist du wahrscheinlich der Einzige, der ihn finden kann."

Er hustete schwach, dann zog er ein dunkles Kästchen aus seiner Tasche und gab es mir. „Das hier ist von meinem Urgroßvater, Cadawig. Ich brauche es jetzt nicht mehr, aber vielleicht wird es euch etwas nützen."

„Was... Was soll ich jetzt nur tun?", stotterte ich.

Arileas lächelte und bemerkte: „Um die Geschichte nachzustellen und die Dämonen aufzuhalten, wie dein Bruder es tat, fehlt dir noch etwas, das er besaß."

Anya sah zu mir: „Das Seelenschwert!"

Arileas nickte, dann hustete er noch einmal und flüsterte: „Hinter den westlichen Hügeln soll es einen Geist geben. Er soll nicht leicht zu erreichen sein und viele haben beim Versuch schon ihr Leben verloren, doch wenn man ihn findet, dann würde er einem etwas geben, dass kein Mensch einem geben könnte. Nur ein Geist kann das Seelenschwert finden oder gar schmieden. Er wird euch bestimmt helfen."

Zuletzt schaute er mich an und sprach lächelnd seine letzten Worte: "Ich habe dir und deinem Bruder so viel abverlangt, das tut mir so leid. Niemals wollte ich ein so schweres Schicksal auf so junge Schultern laden. Aber vielleicht war das hier der Weg des Schicksals alles wieder gut zu machen. Vielleicht gibt es noch Hoffnung für Ewan." Dann schloss er die Augen und er öffnete sie nicht wieder.

Kyan

Es war nun schon drei Tage her, dass mir dieses dämliche Pferd den Flügel gebrochen hatte und ich konnte schon fast wieder fliegen! Dieser Körper war schon der Wahnsinn, das musste ich zugeben. Zuerst konnte ich den Flügel gar nicht mehr bewegen und war zum Spiegelwald zurückgelaufen. Gelaufen! Ich würde gerne anmerken: es sah ziemlich lächerlich aus, wenn ein Wesen, das kaum lief und wenn, dann auf den Beinen und auf den Flügeln lief, plötzlich aufrecht ging. Vermutlich war ich gewatschelt wie eine Ente!

Jedenfalls konnte ich in der Nacht zwar schlecht schlafen, aber am nächsten Tag den Flügel wieder etwas bewegen. Am Tag darauf schon mehr und heute konnte ich ganz vorsichtig wieder fliegen. Ich hatte ja schon oft festgestellt, dass meine Kratzer meistens nach ein paar Stunden verheilt waren, aber dass ein solcher Bruch in drei bis vier Tagen verheilte, das war wirklich faszinierend!

Sonst hatte sich in den letzten drei Tagen nicht viel ereignet. Die Bäume hatten mich jedoch ein wenig verspottet, denn sie hatten mir gestern die Erinnerung gezeigt, wie ein Junge beim Klettern vom Baum gefallen, sich den Arm gebrochen und fürchterlich geweint hatte. Manchmal gingen sie mir schon auf die Nerven!

Charles

Arileas war tot. Wir waren nun wieder komplett auf uns allein gestellt. Mit wackeligen Beinen stand ich auf und betrachtete das blutverschmierte Kästchen in meiner Hand. Niall folgte meinem Blick und fragte: „Was ist es?"

Stumm öffnete ich es. Darin lagen zwei Ketten aus Leder. Am Ende war jeweils ein Stein befestigt, der wie ein Kringel aussah, also ein dunkler Stein mit einem Loch in der Mitte. „Steine.", gab ich zurück. Als ich aufsah, merkte ich, dass Liam und Niall mich fragend ansahen, während Anya das Blut von ihren Händen an ihrer dunklen Hose abwischte und dann auch zu mir sah. Schließlich kam Niall zu mir, nahm mir wortlos das Kästchen aus der Hand und nahm eine der Ketten mit dem Stein heraus.

„Woher kenne ich das?", fragte er mehr sich selbst als uns, dann sah er zu mir und fragte: „Wie hatte Arileas gesagt hieß sein Vorfahre, der die Steine erschaffen hat?"

Ich konnte gerade noch keinen klaren Gedanken fassen und starrte nur auf das Blut an meinen eigenen Händen. Liam antwortete für mich: „Irgendwas mit C. Cawa..."

„Cadawig.", unterbrach ihn Anya.

„Natürlich!", rief Niall erfreut, „Die Steine des Cadawig!" Nachdem er merkte, dass wir ihn nun alle fragend anstarrten fuhr er fort: „Es gibt die Legende von einem mächtigen Zauberer namens Cadawig. Er soll ein Mädchen geliebt haben, doch ihr Vater war nicht einverstanden. Also wollte der Vater mit seiner Tochter fort gehen. Als Cadawig sie das letzte Mal sah, da nahm er zwei Steine vom Flussufer und verzauberte sie. Von nun an sollten sie immer die Stimme des anderen hören können, egal wie weit sie auch voneinander entfernt waren, solange sie die Steine nah bei sich trugen."

Aufgeregt legte er sich die eine Kette um den Hals und gab Liam die andere, welcher einige Meter von uns wegrannte und dann auch die Kette anlegte. Einen Moment lang war es still, dann lachte Niall und sagte zu uns: „Es funktioniert! Ich kann Liam hören, als würde er hier neben mir stehen! Das ist der..." Niall brach abrupt ab, als Anya ihm den Ellbogen in die Rippen stieß und mit dem Kopf in meine Richtung zeigte. Ich starrte immer noch auf meine blutigen Hände. Anya kam zu mir und nahm meine Hände. Dann umarmte sie mich einfach. „Das ist nicht deine Schuld, hast du verstanden." Obwohl ich anders dachte, nickte ich nur.

Nach einigen Minuten waren wir dann wieder auf den Pferden. Wie Arileas es gesagt hatte, ritten wir vom Schloss aus in Richtung der westlichen Hügel, die neben dem Schloss begannen. Dort war ich noch nie gewesen und ich kannte auch niemanden, der schon einmal jenseits der Hügel war. Laut Erzählungen erstreckte sich dort nur ein dunkelgraues Meer aus Felsen, Steinen, Schluchten und Höhlen.

Doch im Moment konnte ich nicht an all das denken. Ich fragte mich, was Ewan von all dem halten würde. Wäre er stolz, weil ich seine Aufgabe vollendete, oder wäre er enttäuscht, weil gerade jemand meinetwegen zu Tode gekommen war? Ewan war immer entschlossen gewesen. Er hatte immer gewusst, was zu tun war. Auch damals, als er sich der letzten Prüfung des Schwertes stellte.

EWAN hatte das richtige Kästchen ausgewählt. Er hatte auch den Test der Fee des Verstandes geschafft. Nun trat er durch die schwere Tür.

III. Test

Kaum hatte er den letzten Raum betreten, erlosch seine Fackel. Doch sie war auch nicht mehr nötig. Er ließ sie fallen, trat ein paar Schritte vor und brauchte schließlich ein paar Sekunden, um alles was er sah zu verarbeiten. Er stand in einer großen Höhle. Vor ihm war eine Art kleiner See. Ein rundes Loch, ungefähr sechs Meter breit und vielleicht zehn Meter tief mit türkisem Wasser gefüllt.

Das Wasser schien beinah sein eigenes, helles Licht abzugeben, das den ganzen Raum in ein friedliches, wellenförmiges, türkises Licht tauchte. Ein rechteckiger Steg führt bis zur Mitte des Wassers. Ewan schritt langsam näher heran und lief bis zum Ende des Stegs. Als er über den Steg sah, schimmerte sein ganzes Gesicht in den prächtigen Farben des Wassers. Die ganze Höhle schien zu schimmern und es war, als tanzten die Wellen an den Wänden. Es war wunderschön.

Ewan kniete sich auf das Ende des Stegs, um die Hand ins Wasser zu strecken. Kurz bevor seine Finger die schimmernde Wasseroberfläche durchbrachen sagte plötzlich jemand auf der anderen Seite des Wassers: "Das würde ich nicht tun. Du weißt doch noch gar nicht, was du tun musst." Ewan erschrak, zog die Hand zurück und stand hektisch auf. Dann sah er zur anderen Seite und war sich einen Moment nicht sicher, was er dort sah.

Er sah auf jeden Fall einen Mann, etwas größer als er, der einen langen, dunkelblauen Mantel trug, dessen Kapuze beinah sein ganzes Gesicht verdeckte. Nur ein dichter, grauer Bart, der dem Mann bis zur Brust reichte, schaute unter der Kapuze hervor. Soweit nichts Ungewöhnliches, doch dann bemerkte Ewan, dass dieser Mann den Boden nicht berührte. Er schien wenige Zentimeter über dem Boden zu laufen, doch vielleicht spielten die Lichtverhältnisse Ewan auch einen Streich... Außerdem fiel ihm auf, dass der Mann, anders als er selbst, keinen Schatten an die Wand warf. Doch ob er sich auch das nur einbildete... Irgendetwas stimmte hier gar nicht.

Ewan fragte sich außerdem, ob der Mann schon die ganze Zeit dort im Schatten gestanden und ihn beobachtet hatte oder ob er, nun ja, gerade erst erschienen war... Entweder gab das Wasser hier giftige Dämpfe ab und er halluzinierte oder der Mann war etwas, das Ewan nur aus den Legenden kannte: Ein Geist. Da trat der Mann ein paar Schritte weiter nach vorn und stand nun auf der Wasseroberfläche, nur wenige Schritte von Ewan entfernt, der unbewusst ein paar kleine Schritte zurück gemacht hatte.

Der Mann - Ewan weigerte sich noch ihn "Geist" zu nennen - streckte Ewan die Hand hin und sagte mit sehr freundlicher Stimme: "Darf ich mich vorstellen?"

Ewan zögerte, doch dann überwand er sich und lief bis zum Ende des Stegs. Er griff nach der ausgestreckten Hand des Mannes, doch gerade als er sie nehmen wollte, glitt seine Hand einfach durch die des Mannes hindurch. Ewan drehte sich der Magen um, sein Gesicht wurde bleich und er stolperte rückwärts und landete unsanft auf seinem Hintern.

Der Mann hingegen brach in schallendem Gelächter aus. Während Ewan versuchte sich zu sammeln und wieder aufstand, sagte der Mann, der nun deutlich weniger ernst klang: "Verzeihung, ich kann einfach nicht widerstehen! Ihr schaut immer so doof, wenn ihr das seht! Ich meine, da seht ihr schon, wie ich über das Wasser gehe und dann wundert ihr euch, wenn eure Hand durch mich durchfährt!" Er lachte noch einmal kurz, dann riss er sich zusammen, stellte sich wieder aufrecht hin, räusperte sich und verkündete:

"Ich bin der Geist des Mutes. Ich bin hier, um dich deiner letzten Prüfung zu stellen. Noch irgendwelche Fragen?"

Ewan schüttelte die erste Verwirrung von sich ab und fragte: "Äh... Ja? Ein Tausend Fragen trifft es eher! Wie meinst du das, dass du der Geist des Mutes bist? Wie kann Mut ein Geist sein? Mut ist eine Charaktereigenschaft. Gibt es noch andere wie dich?"

"Wow, ich dachte ja eigentlich Fragen, die was mit der Prüfung zu tun haben, aber okay! Du musst wissen, dass alle eure sogenannten "Charakter-eigenschaften" eigentlich Geister sind, die in jedem von euch leben. So ist zum Beispiel Hoffnung ein Geist - wenn du mich fragst manchmal der nervigste von allen - oder Mitgefühl oder Liebe. Das alles sind lebendige Geister, die in jedem von euch vorhanden sind. Ein jeder von euch hat Liebe, Mitgefühl, Hoffnung und Mut. Nur wie viel davon ihr zulasst, das liegt an euch."

Da Ewan sichtlich verwirrt war machte der Mut nur eine wischende Handbewegung und fuhr fort: "Aber genug von mir! Wir sind ja schließlich wegen dir hier! Wo war ich eigentlich... Ach ja!" Er räusperte sich erneut, streckte seine Brust heraus und sprach nun mit tieferer Stimme:

"Reisender. Du bist bis zur letzten Prüfung gekommen. Der erste Test hat mir offenbart, dass deine Absichten rein sind. Du hast nicht das rote Kästchen genommen, was mir sagt, dass du der Macht widerstehen kannst und nicht nur Reichtum und Ansehen anstrebst. Du hast auch nicht das weiße Kästchen genommen, was mir sagt, dass du fähig bist Entscheidungen zu treffen und bereit bist Risiken einzugehen. Dass du das grüne Kästchen genommen hast, sagt mir, dass du bereit bist für das Leben selbst zu kämpfen und den Menschen Hoffnung zu bringen. Dass du das Rätsel des

Verstandes gelöst hast, sagt mir, dass du fähig bist versteckte Lösungen zu erkennen und deine Probleme durch die Macht deines Verstandes zu lösen. Der Test, der nun folgt, wird mir verraten, ob du auch das Zeug dazu hast das Seelenschwert zu führen. Ob du in der Lage bist die Entscheidung richtig zu treffen." Er ließ seine Brust wieder sinken und fragte wieder in seinem weniger ernsten Tonfall: "Noch irgendwelche Fragen?"

"Müsste der Mut eigentlich nicht ernst und nobel sein? Irgendwie bist du gar nicht, wie ich mir den Mut vorstellen würde."

"Das sagen in den letzten hundert Jahren ziemlich viele! Dass auch immer alles bloß so sein muss, wie ihr es erwartet! Als würdet ihr nicht irgendwann so werden wie ich. Als mein Vorgesetzter mir sagte, ich müsste ein Schwert auf die Erde bringen und es bewachen, bis es jemand schafft es zu holen, da hätte ich ja nicht ahnen können, dass das Ganze sich über tausend Jahre zieht! Die ersten paar hundert Jahre hab' ich meine Rolle ja ganz gut gespielt. Ich war ernst und hab den Text, der mir mitgegeben wurde, schön brav runter gesprochen, doch das wurde nach gewisser Zeit echt langweilig! Das einzige Highlight hier drin sind die Männer und Frauen, die es ab und zu bis zur mir schaffen. Da darf ich mir ja wohl auch meinen Spaß mit ihnen erlauben!"

Er machte eine dramatische Pause, schüttelte dann alles von sich ab und fragte: "Sonst noch irgendwelche Fragen?"

Ewan schüttelte stumm den Kopf. Dieser Geist des Mutes war ein komischer Geselle, der wohl anscheinend zu viel Zeit allein in dieser Höhle verbracht hatte.

"Gut! Wenn du bereit bist dich deiner Prüfung zu stellen, schließe deine Augen und spring ins Wasser!" Mit diesen Worten verblasste der Geist und war innerhalb weniger Sekunden verschwunden. Ewan brauchte noch einen kurzen Moment, um alles, was er soeben gesehen und gehört hatte, zu verarbeiten. Dann stellte er sich an das äußerste Ende des Stegs, legte seine Schuhe und sein Jaquet ab und holte tief Luft. Er schloss die Augen und sprang.

Kaum war Ewan vom kühlen Wasser umschlossen, durchzuckte ihn ein seltsames Gefühl. Er fühlte sich schwebend, während das kühle Wasser in ihn einzudringen schien. Es begann bei seinen Händen und Füßen und schoss in seinen Körper, als würde es durch seine Blutbahnen rasen. Nur wenige Sekunden später war schon sein ganzer Körper davon erfüllt, als hätte er statt Blut nur noch das magische Wasser im Körper. Als es in seinen Kopf eindrang, hatte Ewan das Gefühl, als würde er in Ohnmacht fallen. Er riss die Augen auf.

Nun stand er in einem dichten Wald. In einem Buchenwald, dessen Bäume sehr dicht aneinander standen, sodass Ewan nur wenige Meter weit sehen konnte. Er hatte kaum die ganze Umgebung erfasst, da hörte er die Stimme des Geistes in seinem Kopf: "Du befindest dich hier im Irrwald. Deine Aufgabe besteht darin, den Wald innerhalb einer halben Stunde zu verlassen, denn dann könnte es hier drin brenzlig werden, da will man lieber weg sein. Doch sei gewarnt! Wer den Ausweg hier mit seinem Auge sucht, der wird ihn niemals sehen! Viel Glück!"

"Wow.", dachte Ewan. Schnell holte er die alte Taschenuhr, die Charles ihm vor zwei Jahren geschenkt hatte, aus der Hosentasche und merkte sich die Uhrzeit. So konnte er immer genau sagen, wie viel Zeit ihm noch blieb. Dann sah er sich um. Es war kurz vor zwei, doch er konnte die Sonne nicht sehen. Also kein Anhaltspunkt. Auch die Bäume gaben ihm keinerlei Hinweise. Jeder Baum sah exakt so aus, wie der davor und der davor. Also entschied sich Ewan einfach für die Richtung, die sich am besten anfühlte und lief los.

Nach einiger Zeit blieb er stehen. Er holte seine Taschenuhr heraus und sah, dass er bereits seit fünfzehn Minuten gelaufen war. Die Hälfte seiner Zeit war also vorbei und er war gefühlt noch keinen Meter näher an der Lösung dran. Er ging zum nächsten Baumstamm, setzte sich und lehnte sich am kräftigen Holz der Buche an. Seufzend sah er seine Taschenuhr an, ließ den Deckel mit einem Knopfdruck aufspringen und strich mit dem Finger über die Gravur, die in der Innenseite des Deckels zum Vorschein kam. "Dass der Auserwählte auch pünktlich zum Weltuntergang kommt! -C" Die Uhr hatte Charles ihm zum 16. Geburtstag geschenkt. Die Beiden glaubten nicht an die ganze Prophezeiung, weshalb sie immer Witze darüber machten. Da Ewan als Kind sehr unpünktlich war, hatte Charles immer gespaßt, dass der Weltuntergang eines Tages kommen würde und Ewan ihn verschlafen würde. Um das zu verhindern schenkte er ihm diese Uhr. Ihre Mutter hatte daraufhin nur gesagt, dass Pünktlichkeit zwar wichtig wäre, doch dass manche Dinge im Leben sehr viel mehr Bedeutung hätten. Sie hatte ihm immer gesagt, dass er die Fähigkeit habe, mit dem Herzen zu sehen.

"Mit dem Herzen zu sehen.", flüsterte Ewan. Dann stand er auf, ging ein paar Schritte und steckte die Uhr zurück in seine Tasche. "Wer den Ausweg mit dem Auge sucht, wird ihn niemals sehen.", flüsterte er, dann wiederholte er nochmal. "Mit dem Herzen, nicht mit dem Auge sehen." Also schloss er die Augen. Er versuchte alles, was um ihn herum war mit seinen restlichen Sinnen aufzunehmen.

Er roch die Blätter und die Äste. Sie gaben einen süßlichen Duft von sich, der Ewan das Gefühl gab, sicher zu sein. Dann hörte er hin. Er hörte Blätter, die von den Bäumen fielen und andere Blätter auf ihrem Weg streiften. Er hörte Vögel, die durch die Lüfte glitten oder auf den Ästen landeten und zwitscherten. Auch hörte er seinen eigenen Atem, der ruhig ein und aus ging, perfekt dem Rhythmus der Natur angepasst. Dann fühlte er. Er fühlte die Kühle, die die Bäume ausstrahlten. Er fühlte das Moos unter seinen Füßen, das bei jeder Bewegung nachgab. Er fühlte die Ganzheit der Natur, die ihn umgab. Für einen Moment glaubte er sogar er könne den Mut, die Hoffnung, das Mitgefühl und die Liebe um ihn herumtanzen spüren. Und dann fühlte er es: einen Wind. Obwohl Wind schon etwas übertrieben war. Es war ein kleiner Luftzug, der seine rechte Hand umspielte. Als würde der Wind seine Hand nehmen und ihn sanft in eine Richtung ziehen. Ewan öffnete die Augen und ging schnellen Schrittes in die Richtung, in die der Wind ihn gezogen hatte.

Nach ein paar Minuten konnte er es kaum glauben. Hinter vielen Bäumen meinte er plötzlich eine Blumenwiese zu entdecken. Er blieb einen Moment stehen, sah, dass er noch fünf Minuten hatte und wusste, dass er es schaffen würde. Doch gerade als er weiterlaufen wollte, roch er plötzlich Rauch. Als er sich herum drehte bestätigte sich sein übler Verdacht. Der Wald hinter ihm, der Wald, in dem er eben noch gelaufen war, brannte nun lichterloh. Für einen kurzen Moment erwischte er sich, wie er über den Mut lachen musste, der ihm vorhin tatsächlich gesagt hatte, dass es hier nachher "brenzlig" würde. War das eigentlich sein Ernst? Hätte er nicht gleich sagen können: "Ja du solltest dich schon beeilen, weil der ganze Laden hier nach einer gewissen Zeit immer spontan Feuer fängt." Für einen Moment ertappte er sich, wie er sich fragte, ob er hier sterben könnte. War das Ganze nicht etwas, das sich in seinem Kopf abspielte? Würde er sich verletzen, wenn er ins Feuer gehen würde? Er beschloss aber, es lieber nicht zu testen.

Doch das Feuer breitete sich sowieso nicht schnell genug aus, um ihm gefährlich zu werden, bevor er das Ende des Waldes erreicht hatte, weshalb er die Gedanken an den Mut abschüttelte und weiterlief. Als er die Blumenwiese schließlich schon deutlich sehen konnte, begann er zu rennen. Das Feuer war zwar noch ein gutes Stück entfernt, doch der Raum zog in seine Richtung, was so langsam ein Problem wurde, da er nur schwer Luft bekam und viel hustete. Auch seine Augen tränten, doch er konnte das Ziel noch gut sehen.

Er war so nah dran. Zwischen ihm und der Blumenwiese lagen nur noch wenige Meter, als er stehen blieb.

Hinter ihm hatte jemand geschrien. Er sah sich um und sah ein kleines Mädchen, vielleicht zehn Jahre alt. Sie saß auf dem Boden und ihr linkes Bein war unter einem umgestürzten Baumstamm gefangen. Sie sah ihn an und schrie um Hilfe. Ewan sah reflexartig auf seine Uhr, dann zurück zur Wiese, dann zurück zum Mädchen.

Obwohl das Feuer die Luft erhitzte fühlte sich die Umgebung mit einem Schlag mehrere Grad kühler an und Ewan verstand nun, worin die Prüfung bestand. Ihm war klar, dass die Zeit nicht ausreichte, um das Mädchen zu retten UND die Wiese zu erreichen. Da fielen ihm wieder die Worte des Mutes ein. Er wolle testen, ob Ewan "das Zeug dazu hatte".

Er wollte sehen, ob er in der Lage war eine so schwere Entscheidung zu treffen. Sofort musste Ewan an seinen alten Lehrer denken, der ihm das Schwertkämpfen beibrachte. Eines Tages hatte Ewan, der damals noch zwölf Jahre alt war, gesagt, er würde einmal ein großer Held werden und alle Menschen retten.

Da hatte ihn der Lehrer angesehen und gesagt: "Das wirst du nicht. So funktioniert das Leben nicht. Du wirst vielleicht einmal ein Held werden, aber niemals wirst du alle Menschen retten. Weißt du Ewan, manchmal, da kann man nicht alle retten.

Manchmal muss ein Held stark und mutig genug sein, um schwere Entscheidungen zu treffen. Ein Held muss manchmal bereit sein das Leben von wenigen Menschen zu opfern, um das Leben vieler Menschen zu retten. Wenn du ein wahrer Held sein willst, dann musst du einmal theoretisch in der Lage sein deinen Bruder zu töten, um die Welt zu retten. Das ist die Art von schweren Entscheidungen, die ein Held bereit sein muss zu fällen."

Und genau in diesem Moment wusste Ewan, dass er die Prüfung nicht bestehen würde. Er wusste nämlich genau, dass der Mut von ihm verlangte eine solche Entscheidung zu treffen. Er musste hier das Leben dieses Mädchens, sei es auch nur eine Illusion, gegen die Leben aller Menschen im Königreich aufwiegen.

Eigentlich eine einfache Rechnung. Und doch war er nicht bereit zu rechnen. Etwas tief in seinem Innersten weigerte sich ein Leben gegen ein anderes aufzuwiegen. Also flüsterte er: "Es tut mir leid." und rannte los.

Hustend erreichte er das Mädchen vor dem Feuer. Mit aller Kraft hob er den Baumstamm an und das Mädchen rannte davon. Schnell ließ er den Stamm wieder fallen und rannte in die Richtung der Blumenwiese, doch der Rauch war so dicht, dass er nichts mehr sehen konnte. Er stolperte voran und fiel.

Als er auf dem Boden aufschlug, riss er abrupt die Augen auf. Sein Verstand brauchte eine Sekunde, um zu erkennen, wo er war. Im ersten Moment bemerkte er, dass er im Wasser war. Im zweiten Moment bemerkte er, dass er keine Luft bekam. Hektisch schwamm er zur Oberfläche und holte ein paar tiefe Atemzüge. Vor ihm über der Wasseroberfläche stand der Mut. Sofort sagte Ewan: "Ich konnte es nicht. Ich habe die Prüfung nicht geschafft. Ich bin nicht der Auserwählte."

Da grinste der Mut und erwiderte: "Wenn das so ist, was ist dann das?" Er deutete auf den Grund des Wassers. Ewan sah hinunter und sah, dass etwas auf dem Grund leuchtete. Er holte tief Luft und tauchte hinunter. Da fiel ihm auch plötzlich auf, dass das Wasser sich nun wie ganz normales Wasser anfühlte.

Als er den Grund des Wassers erreichte, sah er

verschwommen, was dort so strahlte:

Es war das Seelenschwert!

Stolz ergriff er es und in dem Moment, als er es berührte, durchzuckte eine Vision seinen ganzen Körper. Doch dieser ließ ihm keine Zeit, um darüber nachzudenken, da er langsam keine Luft mehr bekam. Also packte er das Schwert und stieß sich mit den Beinen kräftig vom Boden ab. Als er damit auftauchte, saß der Mut im Schneidersitz auf der Wasseroberfläche und applaudierte ihm.

"Ich verstehe nicht? Ich habe den Wald nicht rechtzeitig verlassen und ich war nicht bereit das Kind sterben zu lassen, wieso habe ich die Prüfung bestanden?"

"Die Prüfung, mein Lieber, bestand niemals darin den Wald zu verlassen. Ich bin der Mut und ich wollte sehen, ob du mutig genug bist, um diese schwere Entscheidung zu fällen. Mutig genug, für deine Überzeugungen einzustehen. Mutig genug, dein eigenes Leben in Gefahr zu bringen, um ein anderes zu retten. Mutig genug, für jedes einzelne Leben zu kämpfen! Du hast heute wahren Mut gezeigt, weshalb du alle drei Tests bestanden hast. Ich vermute das Schwert hat dir gezeigt, wie du den Krieg gewinnen kannst?" Er nickte. "Gut. Dann beeile dich, du wirst schon dringender gebraucht als du es ahnst." Während er begann zu verblassen lächelte der Geist und sagte noch: "Na endlich..."

Mit diesen letzten Worten verschwand der Geist und Ewan schwamm zum Ufer. Dort setzte er sich und betrachtete das Schwert in seiner Hand. Es war nicht nur schwarz, es war so schwarz, dass es das hellblaue Licht, das das Wasser ausstrahlte, nicht reflektierte. Seine Oberfläche spiegelte nicht, wie man das von einem Schwert kannte, sondern sie schien das Licht einfach zu verschlucken. So etwas hatte Ewan noch nie gesehen. Fast glaubte er sogar, er könne in das Schwert hineingreifen, doch als er über die Oberfläche strich, wirkte sie wie ganz normales Metall.

Dieses Schwert war der Beweis, dass die Prophezeiung wahr war. Und diese Erkenntnis traf Ewan wie ein Schlag ins Gesicht, da er sich nun einige unbequeme Fragen stellen musste. Fragen, von welchen er sich erhofft hatte, sie sich niemals stellen zu müssen. Doch manchmal laufen die Dinge eben nicht wie man sie erhofft. Also fragte er sich, ob die Dämonen sich tatsächlich erheben würden. Er fragte sich, wann das passieren würde.

Wie viel Zeit hatte er noch? Würde er noch viele Jahre lang üben können oder würde der Krieg schon in einigen Wochen beginnen? Hatte er alles getan was er tun wollte, bevor die Welt unterging?

Und dann trafen ihn ganz plötzlich die letzten Zeilen der Prophezeiung und sein Magen verkrampfte sich. Über diese Zeilen hatte er nie so genau nachgedacht, da er sowieso nicht dachte, dass das alles real war. Doch jetzt war die Grausamkeit dieser Zeilen nicht mehr zu verleugnen. „Denn dem Kind ist es bestimmt die Schlacht zu gewinnen, aber den Kampf zu verlieren." Wie konnten diese Zeilen gemeint sein? Wie konnte man etwas gleichzeitig gewinnen und doch verlieren? Ewan schluckte. Dann lief ihm ein Schauer über den Rücken. Die einzig logische Erklärung, wie diese Zeilen zu verstehen waren, war sein Tod. Er würde die Schlacht gewinnen. Er würde den Krieg beenden und das Königreich retten, doch er würde den Frieden, den er schaffte, niemals sehen. Er würde sterben. So musste es sein. Anders konnte er sich die Zeilen nicht erklären.

Und wie Ewan dort saß, vollkommen allein und nass, das Wasser tropfte ihm von den Haaren und landete auf der Klinge des Schwertes, da kam ihm ein furchtbarer Gedanke. Natürlich wollte Ewan nicht sterben. Eigentlich war Ewan immer mutig gewesen und hatte die Dinge am Schopf gepackt. Doch hier und jetzt erwischte er sich, wie er Angst hatte. Und da machte sich ein Gedanke in seinem Kopf breit. Ein Gedanke, den Ewan sofort wieder versuchte zu verdrängen, doch er war so stark, dass er ihn doch einen kurzen Moment in Betracht ziehen musste.

Der Gedanke schien seinen Kopf zu packen und sich immer breiter zu machen. Hier war Ewan allein. Was auch immer er jetzt tun würde, es würde niemals jemand erfahren. Jetzt musste er sich entscheiden ob er dieses furchtbare Schicksal annahm und zurück zu seinem Bruder ging, oder ob er das Schwert einfach zurück ins Wasser warf. Nur in diesem Moment hatte er die Chance dem unausweichlichen Tod von der Schippe zu springen.

Doch zu welchem Preis? Vielleicht würde er ohne das Schwert sowieso im Krieg sterben. Vielleicht würden alle anderen in diesem

Königreich sterben, wenn er den Krieg nicht beenden würde. Er konnte sich zwar nicht sicher sein, ob er überleben würde oder nicht, doch er konnte sich sicher sein, dass er die >Schlacht gewinnen< würde.

Also stand er auf, schüttelte das Wasser und die Zweifel von sich ab und ging zurück.

Kyan

Heute hatte ich beschlossen einen Ausflug zu machen. Nordwestlich des Spiegelwaldes lag ein Meer aus Felsen und Steinen, wo ich bisher noch nie Menschen getroffen hatte, denn dort war nichts. Keine Pflanzen, keine Tiere. Nur Steine, Höhlen, Schluchten und Ödland. Doch wenn man immer weiter durch die Einsamkeit ging, dann erreichte man einen wahrhaft schönen Ort.

Zuerst konnte man ein paar Flüsse entdecken und ganz langsam wurde die rot-braune Oberfläche unter mir grün. Doch wo die Felsen schließlich ganz endeten und auf das Meer trafen, da stürzten die Flüsse in gewaltigen Wasserfällen aufs Meer hinab. Sie fielen so lange, dass ich durch die meisten hindurchfliegen konnte, denn das Wasser hatte sich im Falle in einen sanften Sprühnebel verwandelt.

Nur der größte Wasserfall blieb bis zum Ende stark, denn in der Mitte landete er wieder auf einer Anhöhe, wo sich ein ziemlich großer See bildete, der dann wieder in einem Wasserfall bis zum Meer floss.

Hier war die Luft unglaublich frisch und süß vom Wasser. Man konnte oftmals kaum seine eigenen Gedanken verstehen, da das Wasser gegen die Felsen schlug. Und als ich im Sturzflug den Wasserfall begleitet hatte, konnte ich gleich noch meine Wendigkeit testen. Aus dem Meer ragten mehrere Steine und Felsen hinaus, die oft auch Tore bildeten.

Ich nutzte die Geschwindigkeit von meinem Fall und raste an den Felsen vorbei und durch die Öffnungen hindurch. Es war etwas riskant, denn ich war wirklich schnell und die Felsen waren groß und schwer, doch ich war geschickt. Mit konzentrierten Augen manövrierte ich meinen wendigen Körper hindurch und als ich nur noch über das Wasser glitt, da ließ ich einen Freudenschrei los.

Ich kann es gar nicht oft genug wiederholen, aber ein Kyan zu sein, bedeutet Freiheit. Doch jede Freiheit hatte seine Grenzen. Um mich nicht zu weit vom Spiegelwald zu entfernen machte ich kehrt und flog die Nacht hindurch, bis ich in den frühen Morgenstunden meine Freunde die Bäume erreichte und mich an meinen Lieblingsbaum hing, um schließlich doch noch etwas zu schlafen.

Charles

Wir hatten die Hügel bald erreicht. Sie waren nicht sonderlich hoch, doch wir konnten einen langen Wald sehen, der sich düster und bedrohlich vor uns erstreckte. Er war nicht sonderlich breit, weshalb wir vermutlich in kurzer Zeit hindurch waren, doch er war sehr lang. Dahinter lag tatsächlich ein Ödland aus Steinen. Große Felsen ragten hoch in die Luft. Tiefe Schluchten schlängelten sich dazwischen und es wirkte beinahe wie ein Labyrinth.

„Dieser Wald vor uns macht mir Sorgen.", bemerkte Niall, „Er wirkt sehr verlassen."

Liam machte eine wischende Handbewegung. „Das ist bestimmt nur, weil ihn lange niemand betreten hat."

„Genau das macht mir ja Sorgen.", gab Niall zurück, „Es sieht so aus, als hätten hier die Waldfeen schon lange nicht mehr für Ordnung gesorgt. Wieso sollten sie diesen Wald meiden? Ich befürchte eine Gefahr."

Liam lachte. „Du befürchtest immer Gefahr! Unsere ganze Reise ist gefährlich, da kommt es darauf jetzt auch nicht mehr an!"

Anya meldete sich zu Wort: „Nun, wenn wir um den Wald herum gehen, dann kostet uns das bestimmt zwei Tage."

„Na gut.", schluckte Niall.

Als wir schon einige Zeit unterwegs waren, bemerkte ich etwas Seltsames an einem der Bäume. Es sah aus wie ein weißes Seil, doch irgendwie war es doch kein Seil. Es klebte am Stamm eines Baumes und war kaum einen halben Meter lang. Selbst Niall konnte sich nicht erklären, was das für ein eigenartiges Seil war, doch er schnitt ein Stück ab und legte es in sein Buch, daneben schrieb er: „Düsterer Wald, Spätsommer, noch festzustellende Substanz gefunden". Misstrauisch ritten wir weiter und kamen an einem Brunnen und einer alten Försterhütte vorbei, bei der das Dach schon lange weg war und die Kletterpflanzen sich bald das ganze Haus geholt hatten. Der Brunnen wirkte noch relativ robust.

Nach einigen weiteren Minuten, wir ritten gerade an zwei kleinen grasüberwachsenen Felsen vorbei, stoppten wir abrupt, da wir alle ein äußerst seltsames Geräusch vernahmen. Wir stiegen von den Pferden und nahmen die Zügel in die Hand, denn auch die Pferde wurden wegen des Geräusches unruhig.

Dieses Geräusch ließ mir automatisch einen Schauer über den Rücken laufen. Irgendetwas näherte sich uns... Ich konnte nicht sagen, ob es nun schnell oder langsam war, denn es waren viele „Schritte" - sofern man das Geräusch als Schritte bezeichnen konnte, doch zumindest berührte etwas den Waldboden, so viel war klar - doch irgendwie schienen sie sich doch nicht schnell zu nähern. Vielleicht waren es mehrere Wesen... Ja, den Berührungen und nun auch leichten Vibrationen auf dem Erdboden nach zu urteilen waren es mindestens vier. Doch abgesehen von den „Schritten" war da noch ein anderes ständiges Geräusch. Wie... ein Rascheln, oder... ein ungleichmäßiges Klacken...

Das Geräusch kam näher und langsam konnte man sehen, dass sich zwischen den Bäumen etwas Größeres bewegte. Leider in unsere Richtung...

Als es nun schließlich nah genug war, bekam ich am ganzen Körper eine Gänsehaut. Noch bevor Niall den Mund aufreißen konnte, rannte eine gigantische Spinne auf uns zu. Wegen ihrer acht Beine hatte ich mit vier Wesen gerechnet, doch dieses Eine war Herausforderung genug! Sie war grundlegend schwarz, doch an ihren Beinen schlängelten sich hellrote Zackenlinien bis zu ihrem ovalen Körper herauf, wo sie einen roten Fleck bildeten. Jedes ihrer acht Augen war fast so groß wie meine Hand und ihre Beine ragten bis zu meinem Kopf.

„Lauft!", schrie ich und wir ließen die Zügel fallen und wir, wie auch die Pferde, rannten los, doch die Spinne war schnell. Sie hatte uns schon eingeholt, da waren wir kaum einen Meter von der Stelle gekommen. Die Pferde hatten es zwar geschafft, doch uns hatte sie. Ich wirbelte herum und zog mein Schwert, doch als ich zustechen wollte, war sie schneller gewesen. Erst jetzt bemerkte ich, dass sie sehr kleine Stacheln am Ende ihrer Beine hatte, die sie ausfahren konnte. Wie eine Spritze hatte sie sie mir in den Bauch gerammt und einen anderen am zweiten vorderen Bein hatte sie Niall in die Schulter gestochen. Jedoch spürte ich den Stich kaum und schon Millisekunden später spürte ich ihn gar nicht mehr. Als sich dieses Gefühl langsam von meinem Bauch aus schlagartig in meinem ganzen Körper ausbreitete, realisierte ich, dass sie uns ein Gift gespritzt hatte. Zuerst ließ ich ungewollt mein Schwert fallen, dann zitterten meine Beine einen Moment, bevor ich ungebremst der Nase nach zu Boden fiel. Doch wie mein Gesicht auf dem Boden aufschlug, spürte ich nicht, denn das Gift hatte sich schon in meinem ganzen Körper ausgebreitet. Als ich auf dem Boden lag, wehrte sich mein Bewusstsein noch einen Moment lang, weshalb ich zwar noch verschwommen sehen konnte, wie die Spinne Liam und Anya verfolgte, doch ich konnte mich nicht mehr bewegen.

Panik ergriff mich nun, denn ich spürte, wie ich langsam das Bewusstsein verlor. Würde ich jemals wieder aufwachen? War das Gift tödlich? Würde sie uns alle bereits gefressen haben, bis das Gift nachließ?

So hilflos hatte ich mich zuletzt vor einigen Tagen gefühlt, als ich gegen den Dämon in unserem Dorf nichts hatte ausrichten können und Phina...

Und natürlich vor zwei Jahren, als Ewan und ich auf das Königreich blickten und uns die Hilflosigkeit von allen Seiten überfiel. Als mir dann schließlich schwarz vor Augen wurde, träumte ich von jenem verhängnisvollen Tag vor zwei Jahren.

ALS CHARLES EWAN damals wieder aus dem Loch hochgezogen hatte und das Schwert in seiner Hand sah, da konnte er nicht glauben, was er sah. "Du... du bist es ja tatsächlich! Die Prophezeiung ist wahr! Wir müssen es sofort dem König melden!" Ewan nickte. So schnell sie konnten ritten sie die immergrünen Wiesen entlang. Diese Wiesen waren etwas abgelegen hinter dem Königreich. Dort war es ruhig und schön. Doch kaum hatten sie das Ende der Wiesen erreicht und standen auf den grünen Hügeln, von welchen aus sie das ganze Königreich überblicken konnten, blieben sie stehen und das Grauen spiegelte sich in ihren Augen:

Der Krieg hatte bereits begonnen.

Das Schloss des Königs, der Marktplatz, der Turnierplatz, die Dörfer! Alles lag in Trümmern oder stand in Flammen. "Wir sind zu spät.", wisperte Ewan und Charles schlug die Hand vor den Mund. Schon von Weitem konnten sie überall Dämonen sehen. Manche kannten sie aus den Erzählungen und manche hatten sie noch nie gesehen. Ein riesiger Troll war gerade dabei einen Wachturm des Schlosses zu zertrümmern. Ein Monster, mit dem

Körper eines Bären und drei Köpfen eines Wolfes rannte über den Marktplatz und fraß alles und jeden, was noch dort war. Ein Dämon mit schwarzen Flügeln und einem langen Schnabel flog über den Diamantsee hinweg.

"Ewan was machen wir denn jetzt nur?", fragte Charles, die Angst in seiner zitternden Stimme war deutlich zu hören. Ewans Blick veränderte sich plötzlich. Er wirkte nun nicht mehr traurig, geschockt oder verängstigt. Plötzlich lagen in seinem Blick eine Entschlossenheit und ein Mut, den Charles noch nie zuvor gesehen hatte.

Als Ewan merkte, dass Charles etwas panisch wurde packte er seinen Arm und sagte: „Als ich das Schwert das erste Mal berührt habe, da hatte ich eine Vision. Ich sah mich, mit dem Schwert im Spiegelwald. Und da war ein Kyan-Flügler im Spiegelwald. Die Vision zeigte mir die Augen des Kyan. Und dann die Augen aller anderen Dämonen. Ich habe zuerst nicht verstanden, was das bedeuten sollte, doch ich glaube jetzt weiß ich es! Die Augen sahen alle genau gleich aus. Ich denke, die Dämonen sind alle mit dem Kyan verbunden. Es hieß immer, der Kyan sei der König der Dämonen. Vielleicht war das ja viel ernster gemeint, als wir es dachten. Vielleicht gehen alle Dämonen mit dem Kyan gemeinsam unter."

Charles schüttelte den Kopf. "Du glaubst wirklich, dass du alle Dämonen umbringen kannst, indem du das gefährlichste Monster, das den Menschen jemals bekannt war, tötest? Das ist verrückt!"

"Vielleicht. Aber es fühlt sich richtig an. Als würde das Schwert mich zum Spiegelwald ziehen." Charles seufzte. "Na gut. Dann lass uns gehen."

So schnell ihre Pferde sie trugen ritten sie. Sie versuchten stets die Orte, an welchen die Dämonen sich aufhielten, zu meiden. Wie durch ein Wunder konnten sie das Schloss umgehen, die Trümmer der Dörfer hinter ihnen lassen und ihr Dorf, das dem Spiegelwald am nächsten war, erreichen. Doch dort war niemand mehr. Schmerzvoll redeten sie sich ein, dass alle geflüchtet waren. Sie konnten sich jetzt nicht erlauben, sich den Kopf zu zerbrechen oder gar zu trauern. Dann ritten sie zum Spiegelwald.

Mit gezücktem Schwert betraten sie den Spiegelwald. Charles hatte Angst, doch Ewan hatte beschlossen keine Angst mehr zu haben. Er wollte nun einfach mutig sein und alles akzeptieren, was das Schicksal für ihn vorgesehen hatte. Was auch immer das war. Kurz überlegte er sich, ob er seinem Bruder noch etwas sagen sollte, da dies vielleicht die letzte Möglichkeit war, ihm überhaupt irgendwann einmal etwas zu sagen. Doch er musste sich jetzt auf wichtigere Dinge konzentrieren.

Der komplette Wald wurde schlagartig von einem furchtbaren Schrei durchzogen. Der Schrei eines Kyan. Ewan wirbelte zu seinem Bruder herum, packte ihn an den Schultern und sprach mit hektischer Stimme: "Charles, hör mir zu. Ich weiß, dass ich den Kyan besiegen kann, aber ich weiß nicht, ob wir beide diesen Kampf überleben würden. Du musst mir jetzt etwas versprechen und es wird dir nicht gefallen. Du musst mir versprechen, dass du den Spiegelwald verlässt. Geh zurück zu den Dörfern, hilf so vielen Menschen wie du nur kannst. Bitte, Charles. Du musst mich das jetzt allein machen lassen."

Charles versuchte die Tränen in seinen Augen zu unterdrücken. Sofort wollte er protestieren, doch er wusste, dass Ewan recht hatte. Dieser

Kampf war Ewans, nicht seiner. Er musste jetzt so viele Menschen wie möglich in Sicherheit bringen. „Ich verspreche es. Versprich du mir, dass du es diesem Monster zeigst!"

„Versprochen. Das mach ich fertig."

Das waren die letzten Worte, die er jemals von seinem Bruder hören sollte.

Was danach geschah, ist nicht ganz klar. Es ist jedoch klar, dass Ewan sich an jenem Tag dem Kyan im Spiegelwald stellte. Sein Schicksal wurde, umgeben von Spiegeln, entschieden.

Zudem ist auch klar, dass er die Schlacht gewann, da kurze Zeit, nachdem Charles die umliegenden Dörfer erreicht hatte, sich alle Dämonen urplötzlich in Luft auflösten. Wie genau das passierte, blieb unklar.

Klar ist, dass Ewan an diesem Tag die Schlacht gewann, aber auch einen Kampf verlor, denn seit diesem Moment mit mir im Wald, wurden weder er noch das Seelenschwert jemals wiedergesehen.

Manche sagen, dass Monster hätte ihn und das Schwert mit einem Happs gefressen und wäre daran erstickt. andere denken, dass er das Monster getötet und somit den Krieg beendet hat. Als Dank sollen die Götter ihn zu sich geholt haben, wo er nun als Held bei ihnen am Tisch sitzen darf. Wieder andere sind der Meinung, Ewan habe das Monster zwar erlegt, sei aber dann verrückt geworden und Richtung Westen verschwunden. Was davon stimmt, ist unklar, doch der Krieg war vorbei und Ewan war weg.

Und somit hatte sich die Prophezeiung erfüllt.

Liam

Erschrocken riss ich die Augen auf. Ich versuchte meine Hände zu bewegen, doch es ging zuerst gar nicht. Kribbelnd kam das Gefühl jedoch zurück und ich versuchte meine Umgebung zu erkennen. Der Waldboden fühlte sich komisch an. Langsam kam auch meine Sehschärfe zurück und ich erkannte, dass ich gar nicht mehr im Wald war. Dieser Ort war sehr seltsam. Ich spürte, dass ich wohl im Sand lag und fragte mich, wo der nun herkam. Doch dann dachte ich, ich könnte ja auch tagelang bewusstlos gewesen sein... Gut möglich, dass ich am Strand bin. Der Geruch von Wasser verstärkte diese Idee noch, aber es roch nicht nach Salz- sondern nach Süßwasser...

Nun erkannte ich auch das Wasser vor mir, jedoch war es mehr ein großer Teich und kein Meer. Zuerst hatte ich gedacht, es läge an meinen Augen, doch hier war es tatsächlich ein wenig dunkel. Von oben kam zwar ein Licht, doch als ich nun die steinigen Wände hinter dem Teich sah, merkte ich, dass ich in einer Höhle war. Eine große unterirdische Höhle inklusive Teich, nur erreichbar über das Loch in der Decke.

Moment. Von dem Loch in der Decke baumelte etwas... Als ich nun realisierte, was es war, schluckte ich, denn ich wusste nun genau, wo ich war. Aus dem Loch baumelte ein Seil mit einem Eimer daran...

Ich war unter einem Brunnen!

Vermutlich war es derselbe Brunnen, an welchem wir zuvor vorbeigekommen waren, aber das war egal. Die Spinne war nirgends zu sehen, was mir ein wenig Ruhe verlieh. Eigentlich war dieser Ort wunderschön und Niall hätte bestimmt ganz schön gestaunt, jedoch musste ich so schnell es ging von hier weg. Der Eimer war meine einzige Hoffnung. Sollte ich ihn irgendwie erreichen, dann würde er mein Gewicht bestimmt tragen und ich könnte am Seil nach oben klettern.

Doch er hing über der Mitte des Teiches, welcher bestimmt drei Meter tief war und war nochmal bestimmt drei Meter von der Wasseroberfläche entfernt. Und vom Ufer bis zur Mitte des Teiches waren es auch nochmal vier oder fünf Meter.

Zuerst versuchte ich, Steine in den Eimer zu werfen. Würde er einmal schwer genug, dann würde er herunterkommen, doch ich war furchtbar im Werfen und nach unzähligen Versuchen, die nicht einmal nah dran waren, gab ich das Werfen auf.

Eine Weile lief ich grübelnd im Kreis und trank aus dem kalten Wasser des Teiches. Dann bemerkte ich am anderen Ufer etwas. Die Spinne hatte dort ein paar ihrer Fäden hinterlassen. Vielleicht konnte ich sie wie ein Seil nehmen? Die Dinger schienen ja überall kleben zu bleiben. Könnte ich also damit den Eimer treffen, könnte ich ihn zu mir herziehen!

Kaum hatte ich die Fäden erreicht, merkte ich, dass sie viel zu kurz waren. Von weitem hatten sie nach mehr ausgesehen, doch nun war auch meine letzte Idee zum Scheitern verurteilt. Frustriert ließ ich mich in den Sand fallen und beobachtete die Reflektionen auf der Wasseroberfläche.

Plötzlich aber hörte ich Geräusche von oben. Vielleicht hatten die anderen mich gefunden! Oder es war die Spinne, die zurückkam, um ihr Mittagessen zu beenden...

Mit gezogenem Schwert stellte ich mich in den Sand und hielt die Luft an.

Kyan

Ein weiterer einsamer Tag war angebrochen. Ich wurde langsam verrückt und beschloss daher, meine Runde zu drehen. Inzwischen war es mir fast egal, ob es nun Wolken hatte, oder nicht. Die Menschen sahen kaum zum Himmel und ich flog meist sehr hoch, weshalb sie mich doch bestimmt für einen Vogel halten würden.

Also glitt ich über die westlichen Hügel, bis ich über den düsteren Wald flog. Darin lebte so eine gruselige Riesenspinne. Schon seit einiger Zeit versuchte ich sie zur Strecke zu bringen, doch sie war echt schnell und ihr Versteck lag unter einem Brunnen, durch dessen Öffnung ich nicht hindurch passte. Jedes Mal, wenn ich sie fast erwischt hatte, war sie dort hineingerannt. Schon als sie vor einem Jahr aus dem Portal kam, war sie mir entwischt. Wahnsinnig schnell das Vieh...

Als ich am Brunnen vorbei war, sah ich ein Stück weiter Menschen am Boden liegen. Ich blinzelte, um mich zu vergewissern, dass ich nicht träumte, doch sie lagen dort. Sie schienen nicht zu schlafen, denn sie hatten kein Lager und lagen auch ganz komisch da. Also landete ich ganz vorsichtig zwischen ihnen. Es waren tatsächlich drei Menschen, zwei Männer und eine Frau. Sie atmeten jedoch, also hatten sie nur das Bewusstsein verloren. Das war bestimmt die Spinne, die sie gelähmt hatte! Vermutlich hatte sie schon andere aus deren Gruppe verschleppt und kam gleich zurück, um den Rest zu holen. Das musste ich verhindern!

Schnell versteckte ich mich ganz oben auf einem Baum mit dichter Krone und war ganz still. Und tatsächlich! Nur wenige Augenblicke später kam die Spinne. Sie wollte sich gerade einen der Männer schnappen, da stürzte ich von oben herab. Endlich hatte ich das Überraschungsmoment auf meiner Seite! Nun hatte sie keine Chance!

Durch den Schwung, den ich mitgebracht hatte, kugelten wir übereinander bis hinter die Felsen. Ein paar Sekunden später war es vorbei und die Reisenden waren nun endlich wieder sicher. Doch bestimmt hatte sie schon ein paar verschleppt... Ich musste sie retten, die anderen würden sie vielleicht nie im Brunnen finden!

Ich hatte den Brunnen schnell erreicht, setzte mich auf den Rand und sah hinunter. Und tatsächlich! Da unten stand ein Mann mit gezogenem

Schwert und er wurde plötzlich ganz bleich. Bestimmt dachte er, es wäre schon schlimm, wenn die Spinne zurückkäme, doch mit mir hatte er sicher nicht gerechnet! Seine Knie zitterten, als ich meine Position am Brunnen änderte und meine Chancen einschätzte. Doch ich hatte das hier schon öfters probiert. Ich passte einfach nicht durch diese Öffnung! Wenn ich meine Flügel ganz anlegte, dann würde ich es vielleicht hinunterschaffen, doch nach oben würde ich vermutlich nie wiederkommen und schon gar nicht mit ihm.

Also versuchte ich den Drehhebel zu erwischen, um dem Mann den Eimer hinunter zu lassen. So könnte er sich hochziehen. Aber meine Krallen waren einfach zu grob! Ich konnte den Hebel nicht drehen!

Verzweifelt sah ich noch einmal zu ihm hinunter. Dann beschloss ich, dass ich nichts mehr tun konnte. Ich konnte nur hoffen, dass die anderen ihn hier fanden. Sie würden ihn retten können. Wenn ich aber hierbleiben würde, dann würden sie ihren Freund bestimmt im Stich lassen und vor mir fliehen. Also begab ich mich geknickt zurück zum Spiegelwald. Immerhin hatte ich die anderen gerettet.

Charles

Meine Lider flatterten, als ich die Augen öffnete. Es war ein sehr seltsames Gefühl, wie sich mein Körper ganz langsam vom Gift erholte. Ich konnte endlich meine Finger bewegen, doch meine Zehen waren immer noch taub. Mit etwas unscharfem Blick versuchte ich nun aufzustehen, doch meine Beine zitterten und weigerten sich zu gehorchen. Nach ein paar weiteren Versuchen stand ich schließlich und vorsichtig konnte ich auch wieder klarsehen.

Hektisch sah ich mich um. Wir waren immer noch im Wald, neben mir lag Niall. Ein Stück weiter hinten lag Anya. Doch von Liam fehlte jede Spur. Vielleicht war er weiter gerannt, bevor sie ihn erwischt hatte? Ich brauchte die anderen.

Nach einigem Rütteln, Rufen und auch der ein oder anderen leichten Backpfeife wachten Niall und Anya auf. Auch sie wollten schneller aufstehen, als ihr Körper es zuließ, doch ich konnte sie zur Ruhe bringen - also beziehungsweise Anya hatte sich relativ schnell beruhigt, Niall hingegen war etwas panischer - doch irgendwann beruhigte auch er sich. Anya setzte sich auf.

„Ihr müsst euch jetzt konzentrieren! Ich kann Liam nicht finden. Anya was ist passiert?"

„Wir, äh, sie hat zuerst euch beide erwischt und dann auch gleich Liam. Ich bin am weitesten gekommen, aber dann hat sie mich auch vergiftet."

Niall kratzte sich nervös am Kopf. „Wenn er nicht hier ist, dann hat sie ihn bestimmt in ihr Geheimversteck verschleppt, um ihn später zu essen! Wie sollen wir ihn nur finden? Dieser Wald ist riesig und Spinnen lassen ihre Opfer nicht allzu lange am Leben! Und wir wissen ja auch gar nicht, wie lange wir bewusstlos waren und..."

Ich machte eine beruhigende Handbewegung und stellte klar: „Ganz ruhig. Ich denke, dass sie ihn noch nicht gefressen hat, das muss ich einfach glauben. Und Spinnen mögen es dunkel, kalt und nass. In diesem Wald sind wir bisher nur an einem Ort vorbeigekommen, der diesen Ansprüchen genügt."

„Der Brunnen!", rief Anya.

Wir erreichten den Brunnen ein wenig außer Atem, denn wir hatten ständig Angst, dass die Spinne uns finden könnte. Schnell lehnte ich mich über den Brunnenrand. Mir viel ein Stein vom Herzen, als ich Liam im Sand sitzen sah.

„Liam!", rief ich.

Er sprang auf, sah zu uns hoch und war auch sichtlich erleichtert. „Leute! Holt mich hier raus!"

Während Niall und ich den Hebel drehten, um den Eimer und das Seil zu ihm herunter zu lassen, rief Anya hinunter: „Hat dir deine Mama nicht gesagt, dass man nicht in dunklen Brunnen spielen soll?" Darauf folgte nur ein sarkastisches „Haha" von unten, dann ein Platschen, da er vermutlich zum Eimer schwamm.

„Bereit!", rief er einige Momente später und wir packten alle Drei das Seil und zogen. Als er fast oben war rief Anya angestrengt: „Wenn du noch einmal so viel isst, dann bekommst du Ärger!" Doch schon packte seine Hand den Rand des Brunnens und ich ließ das Seil vorsichtig los, um ihn zu greifen. Niall und ich zogen ihn hoch, dann umarmten wir uns alle, doch nur kurz, dann sagte Liam: „Arileas hat die Wahrheit gesagt, ich habe ihn gesehen! Den Kyan-Flügler! Ich denke er wollte mich fressen, aber zum Glück passte er nicht durch die Öffnung!"

„Dann sollten wir uns beeilen.", sagte ich, „Der Kyan kommt bestimmt vom Spiegelwald, dort hatte Ewan ihn schon damals gesehen. Aber wir brauchen das Schwert!"

„Ohje", bemerkte Liam, „Ich hoffe zwar, dass die Pferde so weit wie nur möglich von hier weg sind, aber ich werde Alice nicht sagen, dass wir sie verloren haben..."

Wir konnten den düsteren Wald problemlos verlassen, obwohl es mich verwunderte, wo die Spinne auf einmal hin war. Obwohl wir alle fix und fertig waren liefen wir noch, bis wir den Wald weit genug hinter uns gelassen hatten und nur noch auf grauen Steinen liefen. Dort schlugen wir dann unser Lager auf. Der Boden war hart und ich konnte nicht so gut schlafen. Irgendwann in der Nacht wachte ich auf, bewegte mich aber nicht, da ich meinen Namen gehört hatte. So wie es aussah, saßen Anya und Liam hinter mir am Lagerfeuer. Anya hatte Wache und Liam konnte bestimmt auch nicht schlafen. Niall hingegen lag vor mir und schlief tief und fest.

„...er macht sich bestimmt nur Sorgen um uns. Er hat ja schon mal jemanden verloren. Ich denke deshalb will er alles selbst machen.", sagte Anya und ich sah zu Boden.

Liam entgegnete: „Ja, kann ich schon verstehen. Im Gegensatz zu Niall. Der ist ja nur aus Gruppenzwang hier. Bestimmt wäre er viel lieber Zuhause und sucht nach Feen."

„Ach, ich find das eigentlich ganz süß. Und ab und zu war es jetzt schon ganz nützlich, dass er so viel weiß. Er muss nur manchmal über seinen Schatten springen."

„Das sagt die Richtige!", lacht Liam, „Du hast doch gar keinen Schatten! Dir graut es vor gar nichts!"

Anya wirkt nun etwas ruhiger. „Oh doch. Ich hatte auch schon mal so richtig Angst. Vor zwei Jahren, als ein Troll in unser Dorf kam und alles in Schutt und Asche legte. Ich habe damals meine Eltern verloren. Ich hatte auch eine kleine Schwester, aber die ist schon vor fünf Jahren gestorben."

„Tut mir leid, das wusste ich nicht. Falls du drüber reden willst, bin ich da."

„Da gibt's nicht so viel zu reden. Sie hieß Marie. Wir haben in der Nähe des Meeres gewohnt und als sie acht war, ich war 15, sind wir immer heimlich zusammen zu den Klippen geritten und sind ins Wasser gesprungen. Unsere Eltern haben mir gesagt, das sei zu gefährlich, aber ich war jung und dumm. Einmal hat uns eine Welle übel erwischt, Marie hat sich den Kopf an einem Felsen gestoßen."

„Tut mir leid. Aber du weißt doch, dass das nicht deine Schuld war?"

„Ja, ich weiß. Anfangs hatte ich mir schwere Vorwürfe gemacht, aber eine Freundin hatte einmal etwas gesagt, das ich nicht vergessen konnte. Schlimme Dinge passieren, hat sie immer gesagt. Wenn wir jedes Mal etwas nicht tun, weil es vielleicht riskant werden könnte, dann dürften wir gar nicht mehr vor die Haustür gehen. Das Leben ist nun einmal riskant, das ist eben Teil des Deals. Wir müssen die guten und die schlechten Dinge annehmen, sonst erdrücken sie uns. Natürlich hätte ich sie nicht mitgenommen, wenn ich gewusst hätte, was passieren würde, aber genau darauf kommt es an. Ich hatte ja nichts Böses im Sinn, ich wollte nur meinen Spaß mir ihr teilen. Wir müssen aufhören, Handlungen nur nach ihren Folgen zu beurteilen. Manchmal passieren die schlimmsten Dinge aus den besten Absichten heraus und das macht den

Handelnden dann nicht zu einem schlechten Menschen. Manchmal läuft es einfach blöd."

Ich musste an Arileas denken. Natürlich gab ich mir ein wenig die Schuld, denn er wollte mir helfen, meinen Bruder zu finden und hatte das mit dem Tod bezahlt. Aber Anya hatte Recht. Ich war für seine Entscheidungen nicht verantwortlich und an seinem Tod nicht schuld.

Am nächsten Tag brachen wir früh auf und schon vormittags hatten wir erreicht, was ich als unser Ziel einschätzte. Vor uns lag der Eingang zu einer Schlucht. An der Seite war eine Inschrift im Felsen: „Hier wohnt der Geist der Ehrlichkeit, Wer wahrhaft aufrichtig ist, mag eintreten."

„Wow", sagte Liam, „Das ist ja schon die beste Warnung, die ich jemals gesehen habe. Sehr detailliert. Man weiß gleich, womit man es zu tun hat."

Ich lief los und sagte: „Na dann wecken wir mal schlafende Geister."

Doch kaum als wir hinter dem Schild waren begann der Boden zu beben. Wir konnten nicht davonlaufen, da der Boden schon nachgab und wir fielen. Aber nur kurz, dann landete ich unsanft in einer Höhle. Links und rechts waren Wände und ein Gang führte nach vorne. Die anderen waren nicht da. „Leute?!", rief ich, „Alles in Ordnung bei euch? Seid ihr verletzt?" Ziemlich schnell kam eine Antwort von Liam: „Mir geht's gut und euch?" Anya und Niall riefen ebenfalls, dass alles gut war.

Dann meldete sich Liam wieder: „Na das war jetzt aber zufalls-technisch ziemlich unwahrscheinlich, dass jeder von uns in einem anderen Gang gelandet ist!"

Ich schüttelte den Kopf: „Arileas sagte, dass er uns prüfen wird. Ich denke der Geist will jeden einzeln auf die Probe stellen! Seid vorsichtig, ehrlich und folgt einfach dem Weg, wir sehen uns bald wieder. Viel Glück und passt auf euch auf!" Wie im Chor riefen die anderen ebenfalls „Viel Glück", dann war es still. Also folgte ich dem Weg. An den Wänden tauchten plötzlich bereits brennende Fackeln auf. Misstrauisch ging ich eine Zeit lang weiter und erreichte dann eine Höhle. Plötzlich blieb ich abrupt stehen und traute meinen Augen nicht. Vor mir stand Ewan.

Liam

„Viel Glück!", rief ich und hörte auch gleichzeitig die anderen rufen. Dann ging ich zügig, aber doch etwas vorsichtig voran. Mein Gang führte irgendwann zu einer Höhle. Kaum war ich darin bebte wieder der ganze Boden. „Oh man, nicht schon wieder.", murmelte ich, doch dann fiel ich schon. Während der Landung ein paar Meter weiter unten spürte ich sofort, dass ich verletzt war. Es fiel ein großer Felsbrocken, auf dem ich eben noch gestanden hatte, voll auf mein linkes Bein. Zuerst hört ich ein Krachen, dann schrie ich laut auf. Zwar legte sich der Staub schnell, doch ich kämpfte noch gegen das Ohnmachtsgefühl. Schließlich schüttelte ich es ab und sah vor mir Charles, Niall und Anya.

„Oh zum Glück seid ihr hier! Das ist die dümmste Höhle, die ich kenne!" Mein Grinsen verging ganz langsam, als mir keiner von ihnen antwortete. Sie standen nur da und sahen mich an. Ganz still, mit ernster Miene. „Leute? Dieser Stein hier auf meinem Bein nervt ganz schön, aber kein Problem ich schaff das natürlich alleine!", lachte ich etwas sarkastisch, aber die Verunsicherung machte sich in meiner Stimme breit.

Natürlich schaffte ich das nicht allein. Ich war von Steinen umgeben und der auf meinem Bein war zu schwer, um ihn allein anzuheben. „Leute?", fragte ich noch einmal, doch als sie sich langsam von mir wegdrehten, wurde ich etwas panisch und versuchte doch einmal mein Bein herauszuziehen. Es tat furchtbar weh und stöhnend gab ich auf, denn der Stein bewegte sich kaum. Stattdessen bewegten sich die anderen Steine um mich herum. Ein großer Stein neben mir lockerte sich und rutschte nun auf mich zu. Ich nahm die Arme hoch und hielt ihn, doch er war sehr schwer.

„Ok, also jetzt könnte ich wirklich eure Hilfe gebrauchen!", presste ich zwischen den Zähnen hervor, „Ihr wisst schon. Großer Stein der mich zerdrückt?" Auf einmal wurde der Stein noch etwas schwerer und die anderen liefen nun von mir weg.

Nun packte mich die blanke Panik. „Hey! Helft mir..." Ich konnte kaum noch sprechen, der Fels war zu schwer. Aus den Augenwinkeln sah ich, wie sie nun schon weiter weg waren.

Ich riss die Augen auf. „Das ist nicht echt.", flüsterte ich nun. Und obwohl meine Hände den Stein kaum noch halten konnten und an meiner linken Hand schon das Blut hervorquoll, wusste ich, dass ich Recht hatte. „Ja, ich bin manchmal nicht ernst und vielleicht auch zu riskant, aber meine Freunde haben mich trotzdem gern! Sie würden mich nicht einfach so im Stich lassen, egal wie viele Witze ich mache! Das ist nicht echt!"

Plötzlich war alles einfach weg. Ich saß noch auf dem Boden, doch die Steine waren weg, meine Freunde waren weg und an meiner Hand war kein Blut. Der Schmerz in meinem Bein war verschwunden und verwundert bewegte ich meine Zehen.

Erleichtert lachte ich. „Puh! Das war irgendwie ganz schön furchteinflößend!" Schon wackelte die Wand vor mir und ein Loch öffnete sich. Groß genug, dass ich hindurch gehen konnte, also tat ich es auch.

Niall

Ich rief noch verunsichert „Viel Glück!", zurück, doch dann war es still. Ich war ganz auf mich allein gestellt. Ich atmete einmal tief ein, dann ging ich zögernd den dunklen Gang entlang. Eine ganze Weile lief ich, ohne dass irgendetwas passierte. Mit jedem Schritt wurde ich nervöser. Vielleicht war das eine Falle? Oder vielleicht waren die anderen schon durch und nur ich war zu blöd den Ausgang zu finden...

Gerade machte ich einen weiteren Schritt, da blieb ich stehen und sah ängstlich den Gang entlang, als mich ein Geräusch erschaudern ließ. Es war ein Schrei und er war von Liam. Es klang, als wäre er schwer verletzt. Eine Zeit lang stand ich nur da und konnte mich nicht mehr bewegen. Ich war in eine Art Schockstarre verfallen. Doch dann schüttelte ich mich und sagte zu mir selbst: „Sei kein Angsthase! Dein Freund braucht deine Hilfe, also beweg dich gefälligst!" Also machte ich einen Schritt nach dem anderen und wurde dabei immer schneller, sodass meine zitternden Beine bald rannten.

Als dieser schier endlose Gang schließlich doch endete, verzog sich mein Magen und ich sah voller

Panik auf das Bild, das sich vor mir enthüllte. Auf dem Boden lag Liam und da war eine große, große Menge Blut. Er regte sich nicht und schien auch nicht zu atmen. Anya stand vor ihm, mit dem Rücken zu mir und dem Gesicht zu ihm.

Vorsichtig trat ich näher und fragte mit bebender Stimme: „Anya? Was ist passiert?" Die Stille, die folgte war kaum auszuhalten, doch dann murmelte sie: „Er ist tot." Ich schnappte nach Luft und taumelte einen Schritt zurück. Eine Träne lief mir die Wange hinab, doch dann drehte sich Anya um und als sie mich ansah, erschrak ich. Ihr Gesicht war voller Hass.

„Das ist alles deine Schuld.", flüsterte sie.

„Was? Was meinst du da…"

Sie trat schnell einen Schritt vor, stieß mich mit beiden Händen zu Boden und rief: „Das ist alles deine Schuld! Wenn du nur einmal kein Feigling gewesen wärst, dann wäre Liam jetzt noch am Leben! Der Geist wollte testen, ob du ihn retten würdest und du bist einfach nur dagestanden und hast nichts unternommen! Und jetzt musste Liam für deine Feigheit bezahlen!"

Nun konnte ich die Tränen nicht mehr zurückhalten. Liam war tot, Charles war vielleicht auch in Gefahr, Anya hasste mich und das war alles nur meine Schuld. „Anya... Es... Es tut mir so leid. Das wollte ich nicht... Ich...“

„Das wolltest du nicht?!“, rief sie noch wütender als zuvor. „Was wolltest du denn dann? Am liebsten wärst du doch Zuhause geblieben! In deinem Leben hast du bisher noch gar nichts erreicht, du bist ja dauernd damit beschäftigt in deinem doofen Buch herum zu kritzeln und dir über Feen, Drachen und Dämonen den Kopf zu zerbrechen, anstatt dich endlich mal dem echten Leben zu stellen!“

Da veränderte sich meine Miene plötzlich. „Das ist nicht wahr.“ Ich stand auf, wischte mir mit dem Ärmel die Tränen aus dem Gesicht und gab mit entschlossener Miene zurück: „Das ist nicht wahr! Klar, manchmal mache ich mir zu viele Sorgen und natürlich wäre ich gerne im Dorf, wo es sicher ist, aber meine Freunde brauchen mich! Ich habe einen Lava-Dämon gesehen, mich auf eine ungewisse und wahrscheinlich tödliche Reise begeben, eine Killer-Spinne überlebt und mich auch dieser Prüfung gestellt! Ich bin kein Feigling! Und die

Anya, in die ich mich verliebt habe, würde mich auch niemals so nennen!"

Auf einmal verblassten Anya und Liam und die Wand hinter ihnen begann zu zerbröckeln.

Anya

Nachdem das „Viel Glück" der anderen verhallt war, machte ich mich schnellen Schrittes voran. Einige Meter weiter fand ich eine kleine Höhle. Darin stand Niall, das Gesicht von mir abgewandt. Er wirkte abwesend und vorsichtig ging ich zu ihm. „Niall?", fragte ich vorsichtig und als ich seine Schulter anfasste, drehte er sich zu mir um.

„Hallo Anya. Aber ich bin nicht Niall."

Erschrocken trat ich wieder einen Schritt zurück, doch er wirkte nicht, als würde er mir etwas antun.

„Was bist du dann?", fragte ich misstrauisch.

„Ein Test. Ich kann dich erst vorbeilassen, wenn du aufrichtig warst."

„Aufrichtig worüber?"

„Über uns. Ich weiß, dass du mir etwas sagen willst. Sprich es einfach aus und du wirst dich besser fühlen."

Mir war klar, worauf er hinauswollte.

„Na schön. Wenn ich es sage, wirst du mich passieren lassen?"

Er nickte. Ich holte tief Luft, denn ich wusste, dass ich es aussprechen musste, sonst würde er mich nicht gehen lassen.

„Ich habe Gefühle für dich, Niall."

Er sah mich an und legte den Kopf etwas schief. „Das ist doch noch nicht alles, oder? Wenn du Gefühle für mich hast, wieso sagst du dann nichts? Sonst bist du doch auch so mutig!"

Ich trat näher an ihn heran, legte meine Hände auf seine Wangen und zögerte einen Moment, doch dann sah ich ihm in die Augen und wisperte:

„Weil du niemals das Gleiche fühlen kannst. Du bist jemand, der Sicherheit und Stabilität sucht. Und das kann ich niemals für dich sein. Wir sind Gegenteile, wir können niemals funktionieren. Ich liebe dich für deine Art, aber du selbst erkennst gar nicht, wie wundervoll du bist. Und das habe ich dir noch nicht gesagt, weil... ich zum ersten Mal seit langem vor etwas Angst habe."

Niall verblasste zwischen meinen Fingern und der Gang hinter ihm war frei. Ich schüttelte alles von mir ab und ging weiter, doch plötzlich blieb ich stehen, denn ich hörte erneut Nialls Stimme. Doch obwohl sie eine Selbstsicherheit in sich trug, die ich von Niall gar nicht kannte, so vermutete ich doch, dass er es wirklich war. Er wirkte etwas aufgebracht aber entschlossen als er laut sprach: „...meine Freunde brauchen mich! Ich habe einen Lava-Dämon gesehen, mich auf eine ungewisse und wahrscheinlich tödliche Reise begeben, eine Killer-Spinne überlebt und mich auch dieser Prüfung gestellt! Ich bin kein Feigling! Und die Anya, in die ich mich verliebt habe, würde mich auch niemals so nennen!"

Mein Herz setzte einen Schlag aus. Nun zweifelte ich doch, ob das ganze real war, oder es nur wieder ein weiterer Trick war. Ich musste über meinen eigenen Schatten springen und es herausfinden, denn sonst wäre ich der Feigling.

Also ging ich weiter und vor mir stand er und wischte sich gerade die letzte Träne von der Wange, als ich fragte: „Du hast dich in mich verliebt?"

Er wirbelte herum, sah mich mit großen Augen an, wurde knallrot und rieb sich den Nacken, während er alle möglichen Worte vor sich hin stammelte, aber nichts davon ergab einen Sinn. Da wusste ich, dass das alles echt war, das war einfach typisch Niall.

Grinsend ging ich auf ihn zu und er stammelte immer noch, als ich ihn erreicht hatte, doch er verstummte abrupt, als ich seine Hand nahm. Zuerst sah er zu seiner Hand, dann sah er mir in die Augen und strahlte über beide Ohren. „Du...? Ich dachte..."

„Du denkst zu viel.", unterbrach ich ihn lächelnd, dann küsste ich ihn.

Charles

Ich konnte sehen, dass der Ewan, der mir gegenüberstand, nicht echt war, denn ich konnte durch ihn hindurchsehen. Für einen Moment hatte ich mir erlaubt zu hoffen, dass er wirklich echt war und als ich die Vision durchschaute machte mich das zwar traurig, doch irgendwie war ich auch froh. Es tat gut ihn von Kopf bis Fuß zu sehen. Aber hinter ihm war eine Wand, es ging nicht mehr weiter.

„Charles, endlich bist du da.", sagte er.

Mit schüttelndem Kopf gab ich zurück: „Nein. Du bist nicht real."

„Das macht nichts. Du kannst trotzdem mit mir sprechen. Vielleicht ist das deine einzige Chance mir dein Herz auszuschütten."

Ich suchte nach einem Ausweg, doch es war eine Sackgasse.

„Das wird nichts bringen. Der Ausgang wird sich erst zeigen, wenn du mir gesagt hast, was du mir sagen willst. Du musst ehrlich sein."

Ich wurde ein wenig wütend und lachte etwas sarkastisch. „Was soll denn das bringen? Was soll ich dir denn sagen wollen? Ich vermisse dich? Ich bin doch ehrlich!"

„Aber nicht zu dir selbst! Da gibt es doch noch etwas anderes, etwas, dass du dir selbst nicht eingestehen willst! Du musst doch bestimmt ganz stolz auf mich sein, dass ich so heldenhaft war?"

Plötzlich hallte ein Schrei durch die Gänge und er schien von Liam zu sein. Nun wurde ich ungeduldig.

„Du musst mich vorbeilassen! Meine Freunde sind in Gefahr. Ich habe keine Lust mehr dein komisches Psychospiel zu spielen! Das ist alles Zeitverschwendung!"

„Ich bin dein Bruder, wieso bist du denn wütend auf mich?", fragte er provozierend.

Und damit hatte er den Tropfen Wasser, der das Fass zum Überlaufen brachte, hinzugegeben. Ich war nun wirklich nicht mehr stark genug, um meine Gefühle zurückzuhalten. All meine Wut und Trauer brachen auf einen Schlag aus mir heraus.

„Weil du mich angelogen hast! Ich habe mich lange gefragt, warum du an jenem Tag gar keine Angst hattest, als wir den Spiegelwald erreichten, wo doch die Möglichkeit bestand, dass du das

Ganze vielleicht nicht überlebst. Und da kam es mir: Du wusstest es!

Du musst gewusst haben, dass du stirbst oder verschwindest oder was auch immer und das hast du einfach akzeptiert! Du hast dich freiwillig dazu entschieden mich allein zu lassen! An diesem Tag im Spiegelwald, da hast du mir in die Augen geschaut und mir versprochen, dass alles gut wird und du hast gelogen!"

Eine Träne lief mir die Wange hinunter. „Tief in mir wusste ich doch, dass etwas nicht stimmt, doch für einen kurzen Moment war ich dumm genug, dir zu glauben."

Ewan war trotz der Tatsache, dass ich ihn gerade angeschrien hatte, sehr ruhig und wendete den Blick nicht von mir ab, als ich mir mit dem Ärmel die Tränen aus dem Gesicht wischte.

„Sag mir eins: Hätte ich dir gesagt, was bevorsteht, hättest du mich aufgehalten?"

„Ja…! Nein… Ach, ich weiß nicht!"

„Und in diese Lage wollte ich dich nicht bringen! Du musst doch einsehen, dass es mich nur zu einem Menschen macht, dass ich dir nicht sagen wollte, dass wir uns zum letzten Mal sehen. Aber dass ich trotzdem weiter gegangen bin, das macht mich doch zum Helden! Das war doch das einzig Richtige!"

„Ich weiß ja, dass du Recht hast und genau das nervt mich ja!" Also senkte ich den Kopf und meine Stimme zitterte ein wenig. „Ich weiß, das ist egoistisch, aber ich will nicht, dass du ein Held bist. Ich will, dass du hier bist."

Der Boden bebte wieder ein wenig als Ewan sich in Luft auflöste und die Wand hinter ihm in kleinste Steinchen zerfiel.

Ich trat hindurch und gelangte ein eine größere Höhle. Aus einer anderen Öffnung zu meiner rechten kam Liam und lächelte erleichtert, als er mich sah und von links kamen Anya und Niall, die sich etwas nervös umsahen. Wir waren alle erleichtert, dann sahen wir uns um.

In der Mitte war ein größerer Teich mit einem gläsernen Thron in dessen Mitte, an welchem sich Kletterpflanzen hinaufschlängelten und durch ein Loch in der Decke fiel Sonnenlicht direkt auf den Thron. In diesem Licht saß der Geist der Ehrlichkeit und mit diesem Anblick hatte ich nicht gerechnet. Dort saß eine wunderschöne Frau, deren langes goldenes Haar ihr eigenes warmes Licht auszustrahlen schien. Ihr blaues Kleid war sehr lang und als es auf den Boden traf, da wurde es zu Wasser und floss in den Teich. Ich fühlte mich in ihrer Nähe befreit und... real. Als wäre nichts mehr eine Täuschung und als wäre alles aus Glas.

Als sie sprach, hallten ihre Worte wunderschön in der Höhle nach: „Nun, da jeder von euch endlich aufrichtig zu sich selbst und zu den anderen ist, habt ihr meine Prüfung bestanden. Ihr mögt mir eure Sorgen erzählen und ich werde versuchen, euch zu helfen."

Die anderen nickten mir zu und ich trat ein paar Schritte vor, sodass ich das süße Wasser riechen konnte und neigte den Kopf kurz, bevor ich sprach. „Wir sind gekommen, um diese Welt von einer schrecklichen Bedrohung zu befreien. Ein Monster, welches durch unsere üblichen Waffen nicht verletzt werden kann. Doch vor zwei Jahren hatte mein Bruder eine Waffe besessen, welche ein solches Monster besiegen konnte. Wir benötigen diese Waffe. Ist das möglich?"

Sie nickte und öffnete ihre Hand, welche nun golden leuchtete. In dem Licht bildete sich etwas und als das Licht abnahm, da war das Schwert in ihrer Hand schon fertig und schwebte zu mir herüber. Fröhlich ergriff ich es und war von seiner Schwärze fasziniert. Zwar hatte ich es ja schon einmal gesehen, doch meine Erinnerung war verblasst und erst jetzt fiel mir auf, dass die Klinge kein Licht reflektierte, sondern es zu verschlingen schien.

Der Geist der Ehrlichkeit lächelte mich an. „Dein Herz ist rein. Ich möchte dir zudem noch die Fähigkeit schenken, die Wahrheit zu erkennen, wenn der Zeitpunkt gekommen ist."

Doch bevor ich fragen konnte, was sie damit meinte, strahlte nun der ganze Raum golden. Ich war einen Moment geblendet und obwohl ich die Augen noch nicht öffnen konnte, so merkte ich, dass sich etwas verändert hatte, denn ich konnte die Sonne auf meiner Haut spüren. Schließlich blinzelte ich ein paar Mal und sah, dass wir wieder am Waldrand standen. Vor uns lag das Meer aus Felsen und in meiner Hand ruhte das Seelenschwert.

Dann sah Liam zwischen uns hin und her und nickte. „Also gut, das hätten wir. Jetzt heißt es: alles oder nichts. Will noch jemand aussteigen? Obwohl ich ja befürchte, dass der Kyan sich direkt ergibt und wir uns der hübschen Dame gerade umsonst gestellt haben!" Wir sahen uns alle nur grinsend an und ich freute mich noch mehr, als ich sah, dass Niall zögernd Anyas Hand nahm und sie es zuließ.

Und gemeinsam mit meinen Freunden machte ich mich auf den Weg zum vermutlich größten Kampf meines Lebens.

Kyan

Die Sonne hatte beinahe ihren höchsten Punkt erreicht, als ich zum Spiegelwald zurückkehrte. Meine übliche Runde war ohne Auffälligkeiten gewesen. Nur im düsteren Wald hatte ich ein paar Waldfeen getroffen, die mir sehr dankbar waren, da sie sich nun endlich wieder um den Wald kümmern konnten, jetzt, wo doch die Spinne weg war.

Gemütlich landete ich auf der Spitze meines Lieblingsbaumes, schüttelte mich einmal und sah mich nach den Waldfeen hier um. Doch ich konnte keine entdecken. Seltsam. Da fiel mir auch auf, dass die Bäume heute gar nicht lustig wirkten. Sie waren still und ernst, und vermittelten mir ein Gefühl der Spannung.

Besorgt sah ich mich um und hörte plötzlich ganz in der Nähe einen Ast knacken. Ich saß ganz still und sah nun Menschen. Menschen! Im Spiegelwald! Eine Seltenheit. Es waren drei Männer und eine Frau. Zuerst freute ich mich, denn ich hatte schon lange keine Menschen mehr beobachtet, doch dann sah ich sie genauer an.

Die Frau hatte ihren Bogen vor sich und einen Pfeil bereits eingelegt. Die Männer trugen alle ein

Schwert, der Erste, der voranging, hatte ein sehr seltsames schwarzes Schwert, dessen Anblick mir irgendwie ein ungutes Gefühl verschaffte. Sie alle waren totenstill und schritten bedacht, aber nervös, voran. Sie sagten nun etwas, doch ich konnte sie nicht verstehen. Sie waren zwar nur wenige Meter vom Baumstamm entfernt, doch die Bäume waren ja sehr hoch.

Plötzlich erkannte ich, warum sie hier waren. Sie waren auf der Jagd. Nach mir. Würden sie nur Tiere jagen, wären sie nicht in den Spiegelwald gekommen, wo doch die Gefahr besteht, Tiere zu jagen, die gar nicht wirklich da sind. Und um auf der Reise zu sein sind sie viel zu... kampfbereit. Doch woher wussten sie von mir?

Egal. Ich musste mich jetzt entscheiden, was ich tun sollte. Sollte ich mich ihnen zeigen, und versuchen ihnen zu zeigen, dass ich ihnen nichts tun würde? Dabei würde ich natürlich riskieren, dass sie mich verletzen, was eher unwahrscheinlich war, oder dass ich sie aus Versehen verletze, was sehr wahrscheinlich war. Oder sollte ich mich versteckt halten und falls sie mich entdeckten wegfliegen? Nun, sie sahen sehr entschlossen aus. Vermutlich würden sie auf meine Rückkehr warten, oder mir hinterherkommen. Wäre ich dann für immer auf der Flucht?

Plötzlich wurden meine Gedanken unterbrochen, denn ich bemerkte etwas, was den Menschen nicht auffallen konnte. Der Spiegelbaum, der ihnen am nächsten war, und auf welchem ich saß, wedelte direkt vor mir wieder mit einem einzigen Blatt, obwohl kein Luftzug ging. Er wollte ihnen oder mir etwas zeigen! Vor Aufregung fiel ich fast von meinem Ast, als ich meinen Blick auf den Mann richtete, der eben durch die Kraft meines magischen Freundes in der Luft erschien.

Charles

Ganz vorsichtig setzte ich einen Fuß vor den anderen. Alle meine Sinne waren höchst aufmerksam und das pechschwarze Seelenschwert in meiner Hand zitterte. Ich war so nervös, dass ich erschrak, als ein Ast unter dem Gewicht meiner Füße zerbrach. Doch aus dem Augenwinkel sah ich, dass Niall noch mehr erschrocken war und kurz stehen blieb.

„Hey, wir schaffen das.", sagte Anya und ich war mir nicht sicher, wen von uns beiden sie aufmuntern wollte. Liam meldete sich ebenfalls: „Ewan hat es beinahe geschafft, aber er war alleine, wir sind zu viert. Der Kyan hat gar keine..."

Abrupt blieben wir alle stehen, denn vor uns erschien Ewan. Einfach so.

Für einen winzig kleinen Moment vergaß ich alle Logik und war einfach nur froh, ihn gefunden zu haben, doch dann sah ich in sein Gesicht und erkannte, dass er nicht wirklich hier war. Er hatte, genau wie ich im Moment, das Seelenschwert in der Hand und schritt mutig voran.

„Charles, das ist eine Erinnerung!", bemerkte Niall aufgeregt. Anya deutete auf das Schwert und sagte: „Und ich weiß auch genau, von welchem Tag!"

Erst jetzt hatte ich wirklich begriffen, was gerade vor sich ging. Die Spiegelbäume zeigten mir die Erinnerung an jenen Tag vor zwei Jahren. Das hier war der Moment, auf welchen ich so lange gewartet hatte. Endlich würde ich erfahren, was damals wirklich geschehen war und ob Ewan noch am Leben war. Also richtete ich meinen Blick gespannt auf ihn.

Er kam noch ein paar Schritte näher, dann zuckte er zusammen, richtete seinen Blick in Richtung Himmel und umklammerte sein Schwert fester. Ich wirbelte herum und folgte seinem Blick. Der Kyan kam direkt auf uns zugeflogen. Wir duckten uns und drehten uns schnell wieder herum, als er über unsere Köpfe hinwegrauschte, ohne auch nur einen Luftzug zu hinterlassen. Er steuerte direkt auf Ewan zu. Dieser wartet bis zum letzten Moment, wich dann aus und schlug mit dem Schwert nach dem Kyan. Beinahe hätte er ihn verfehlt, doch mit der Spitze des Schwertes konnte er dessen Bein streifen. Sofort schrie der Kyan auf und ein wenig dunkelblaues Blut quoll aus der Wunde hervor.

Vermutlich zeigten uns die Bäume deshalb diese Erinnerung! Sie wollten uns zeigen, wie E-wan den Kyan tötete, sodass wir es ihm gleichtun konnten.

Als der Kyan nun wieder auf Ewan zugerast kam, war er schlauer. Noch im Flug schloss er seine Flügel um seinen Körper herum. Ewan richtete das Schwert mit der Spitze voraus auf ihn, doch beim Aufprall, prallte das Schwert einfach an den dicken Schuppen der Flügel ab, und die Wucht des Kyan schleuderte Ewan mehrere Meter nach hinten. Er hatte sein Schwert verloren, es lag nun zwischen Moos und Ästen. Ewan war einen Moment desori-entiert und rang nach Luft.

Als er sich schließlich auf die Ellbogen stützte, landete der Kyan schon vor ihm und lief bedrohlich auf ihn zu. Ohne Angst in seinen Augen sah Ewan den Kyan an. Als dieser vor ihm war, holte er mit einem Flügel aus, in dessen Mitte eine lange gebo-gene Kralle war. Sie sauste auf Ewan herab, doch dieser konnte sich im letzten Moment zur Seite rol-len und sein Schwert greifen. Blitzschnell hatte er es in der Hand und drehte sich wieder zum Kyan, der erneut zum Schlag ausgeholt hatte. Nun hatte Ewan einen perfekten Zugang zur Brust des Kyan und nutzte diesen auch. Bevor der Kyan sich versah steckte das tiefschwarze Schwert mitten in seiner Brust.

Der Kyan stolperte einen Schritt zurück, dann begann er in einem strahlenden Blau zu leuchten und war einfach verschwunden. Nur das Seelenschwert lag noch auf dem Waldboden, doch auch es glühte in demselben Blau. Ewan stand mühsam auf und ging verwundert auf das leuchtende Schwert zu. Er war nur wenige Meter von mir entfernt.

Nun geschah etwas, womit ich nie im Leben gerechnet hätte.

Ewan ergriff das strahlende Seelenschwert und kaum hatte er es aufgehoben, so ließ er es abrupt fallen und sah voller Schmerz seine Hand an. Auch sie begann zu leuchten. Langsam breitete sich das hellblaue Leuchten von seiner Hand aus. Ewan fiel auf die Knie, betrachtete schockiert seine Hände und als das Leuchten schließlich seinen Hals hinaufkroch, schrie er nur noch.

Für einen Moment wurde das Leuchten so hell, dass ich die Augen schließen musste, doch als ich sie wieder öffnete, fiel mir die Kinnlade herunter.

Vor mir stand nun der Kyan. Dieser war sichtlich verwirrt, versuchte einen Schritt zu machen und fiel dabei um. Er wirkte panisch und ich wusste nun, dass mein Bruder noch am Leben war.

Kyan

Als das Leuchten endlich abnahm und ich wieder schauen konnte, da traute ich meinen Monsteraugen kaum. Da war ich! Oder, eben ein Kyan! Der junge Mann, der eben gegen den bösen Kyan gekämpft hatte, er hatte sich daraufhin selbst in den Kyan verwandelt!

Aber... So lange konnte das doch nicht her sein? War... war ich das? War ich einmal ein Mensch gewesen? Mit einer Familie und allem?

Das war im Moment nicht wichtig. Die Menschen waren genauso fassungslos wie ich. Keiner von ihnen sagte etwas. Nun, jetzt war der Moment gekommen. Wenn ich mich jetzt ihnen nicht zeigen würde, jetzt, wo sie doch wussten, dass ich einer von ihnen gewesen war, dann würde ich für immer allein sein. Als glitt ich langsam von der Baumkrone hinab und landete ein paar Meter von ihnen entfernt. Die Frau zog sofort ihren Bogen zurück und ich zuckte zusammen, obwohl sie mich damit wohl kaum verletzen konnte.

Doch der Mann mit dem schwarzen Schwert stoppte sie und kam langsam auf mich zu. „Ewan?", fragte er.

War das mein Name gewesen? Kannte er mich etwa?

Jedenfalls sah er, dass ich sichtlich verwirrt war und einen Schritt zurück machte, als er mit dem Schwert näherkam, deshalb sagte er schnell: „Alles ist gut. Ich... ich bin dein Bruder, Charles. Wir sind deine Freunde!"

Ich blieb stehen und als er die Hand nach mir ausstreckte, bewegte ich mich nicht und ließ zu, dass er seine Hand auf meinen Schnabel legte. Für einen Moment schloss ich die Augen und genoss es einfach, zum ersten Mal seit ich mich erinnern konnte, nicht allein zu sein. Zum ersten Mal hatte jemand keine Angst vor mir.

Doch als der Mann, Charles, die Hand wieder wegnahm, da sagte er etwas fragend: „Du kannst dich nicht erinnern, oder?" Zögernd schüttelte ich den Kopf etwas. Traurig sah er zu Boden, doch dann fiel der Blick auf das schwarze Schwert in seiner Hand und etwas in seinem Blick veränderte sich. Er sah noch einmal zwischen mir und dem Schwert hin und her, dann sah er mich an, umfasste das Schwert mit beiden Händen und holte zum Schlag aus. Ich war wie erstarrt und sah ihn nur an, während ich die Luft anhielt.

Charles

Als der Kyan zuließ, dass ich meine Hand auf seinen rauen, starken Schnabel legte, da wusste ich, dass es Ewan war. Doch als ich die Hand wieder wegnahm, da sah er immer noch etwas verwirrt aus, weshalb ich fragte: „Du kannst dich nicht erinnern, oder?" Der Kyan schien den Kopf zu schütteln und ich sah traurig zu Boden. Doch dann bemerkte ich das Schwert, welches noch in meiner Hand ruhte und mit einem Mal durchzuckte eine Vision meinen Körper. Plötzlich wusste ich, was zu tun war. Alles war nun glasklar, also umfasste ich das Schwert mit beiden Händen, holte tief Luft und holte zum Schlag aus.

Mit aller Kraft, die ich in mir trug, schlug ich das Schwert auf den Boden und als es auf einem Stein am Boden aufschlug, zersplitterte es in tausende Einzelteile.

Schnell sah ich wieder zum Kyan und dieser stolperte einen Moment lang rückwärts, als wäre er kurz davor ihn Ohnmacht zu fallen. Doch dann blieb er stehen, schüttelte den Kopf ein paar Mal und wurde schließlich ruhig. Plötzlich sah er auf und als sein Blick auf mich fiel, da veränderte sich sein Blick und er kam auf mich zu gerannt. Kurz vor mir machte er halt und voller Freude rieb er seinen Schnabel gegen meine Brust.

„Ewan!", rief ich erfreut, doch dann fiel ich zu Boden, da seine "Umarmung" ein wenig stürmisch war. Er hielt endlich still und ich berührte seine Stirn mit meiner und flüsterte: „Endlich habe ich dich gefunden, Bruder. Ich wünschte nur, ich könnte dich auch verstehen."

Da schnappte hinter mir plötzlich Niall nach Luft und stotterte aufgeregt: „Vielleicht kannst du das ja!" Ich sah ihn fragend an, doch er kramte schon hektisch in seiner Tasche. Dann reichte er mir strahlend die Steine des Cadawig. Einen Moment sah ich sie an, doch dann sah ich meinen Freund an und lachte: „Niall, du bist ein Genie!"

Ewan sah mich immer noch verwirrt an, als ich aufsprang, Niall die Steine aus der Hand nahm und mich zu ihm drehte. „Ewan, wenn das funktioniert, dann kann ich dich gleich hören! Gibt mir mal deine... äh... Kralle oder Pfote oder was auch immer!" Er streckte mir die Kralle an seinem rechten Flügel entgegen und ich band die Kette darum, danach legte ich mir die andere um den Hals.

„Und?", fragte ich aufgeregt und sah Ewan tief in die Augen, als es einen Moment unerträglich still war.

Und dann hörte ich nach zwei langen Jahren etwas, das ich vermutet hatte es nie wieder zu hören: Die Stimme meines Bruders:

„Da hast du aber ganz schön lange gebraucht, Bruder!"

Ein paar Meter weiter, zwischen den magischen Bäumen, fiel mir nun plötzlich jemand ins Auge. Ein älterer Mann mit Gehstock. War der schon die ganze Zeit dort gestanden? Er stützte sich mit beiden Händen, aber nicht, weil er erschöpft aussah, im Gegenteil er wirkte topfit, sondern eher aus Gemütlichkeit.

Anya hatte ihn wohl auch bemerkt, denn sie legte einen Pfeil an und richtete den Bogen in seine Richtung. Ewan folgte Anyas Blick und sagte schnell: „Nicht, Bruder! Ich denke, ich kenne ihn, er wird uns nichts tun!" Ich entspannte mich ein bisschen, doch es dauerte einen Moment, bis ich realisierte, dass Anya Ewan nicht verstehen konnte.

Also wiederholte ich für die anderen: „Ewan sagt, er wird uns nichts tun."

Anya senkte ihren Bogen wieder und der Mann sprach, während er auf uns zukam: „Ewan sagt die Wahrheit. Wir sind uns zwar noch nie begegnet, aber er hat meinen Bruder bereits kennengelernt." In dem Moment, als ich bemerkte, dass die Füße des Mannes den Boden gar nicht berührten, sondern ein winziges Stückchen darüber schwebten, hörte ich auch schon wieder Ewans Stimme, der sagte: „Der Geist des Mutes!"

Der Mann nickte, er schien Ewan zu verstehen. „Mein Bruder, der Mut, hatte von mir die Aufgabe bekommen, Ewan damals das Seelenschwert zu bringen. Ich möchte mich entschuldigen, dass ich euch allen so viel zugemutet und abverlangt habe, doch es war der einzige Weg. Ich habe alle Möglichkeiten gesehen und das hier war die Einzige, in welcher der Friede in dieser Welt wiederhergestellt werden konnte."

Ich sah den Mann fragend an und da lächelte er etwas, als hätte er vergessen, dass wir nun einmal Menschen waren und uns in Geister-Dingen nicht gut auskannten, also fuhr er fort: „Als ich erfuhr, dass der einstige Kyan plante, alle Dämonen auf diese Welt loszulassen, da musste ich etwas unternehmen. Ich erschuf das Seelenschwert, doch der Zauber des Kyan war stark. Er wusste, dass jeder, der ihn töten würde, sich in ihn verwandeln würde und der Dunkelheit verfallen würde. Also musste ich jemanden finden, der mutig genug war, den Kyan zu töten, seine Gestalt anzunehmen und nicht dem dunklen Drange zu verfallen. Jemand, der den Schalter zuhalten könnte."

Er sah zu Ewan und ich bemerkte, dass ich es zwar nicht tat, doch dass Ewan genau verstand, wovon der Geist sprach.

„Ich hatte jedoch auch vorhergesehen, dass du, Ewan, dich deinem Schicksal nicht kampflos ergeben würdest. Du wärst zu deinem Bruder zurückgekehrt und das hätte vor zwei Jahren noch fatale Folgen gehabt, das müsst ihr mir glauben. Also fügte ich dem Schwert etwas hinzu. Es würde, sobald du den Kyan getötet hättest, deine Erinnerungen einfangen und zu mir zurückkehren, wo es und die Erinnerungen sicher waren. Ich gab es meiner Schwester, der Ehrlichkeit und sie verwahrte es lange genug, bis das Schicksal schließlich eure

Wege wieder vereinen sollte. Ich möchte mich bei euch bedanken, denn ihr habt dieser Welt ihren Frieden zurückgegeben."

„Wer...", Niall stotterte vor Aufregung, „Wer seid ihr? Ewan hatte mit dem Geist des Mutes gesprochen und wir haben den Geist der Ehrlichkeit kennengelernt, aber welcher Geist seid ihr?"

„Ich bin der höchste Geist, es gibt keinen anderen über mir. Ich bin alles und ohne mich ist alles nichts. Jeder andere Geist, den ihr kennt, ist nur ein Teil von mir und doch bin ich ein Teil von euch allen. Ich bin die Grundlage allen Lebens und für euch Menschen habe ich unzählige Namen."

Wir sahen ihn alle gespannt an, doch er hielt einen Moment inne und warf uns allen ein Lächeln zu, das die Luft direkt um einige Grad erwärmte, dann verblasste er mit den Worten: „Ich bin der Geist der **Liebe** und von nun an liegt es an euch, mich jeden Tag ein Stück weiter in die Welt hinauszutragen."

Ewan

-Fünf Jahre später-

Mit unfassbaren Geschwindigkeiten raste ich über das neue Königreich hinweg. Im Wind flatterte wie immer das silberne Band, welches ich um den Hals trug. Darin eingearbeitet war der Stein des Cadawig, der mir nun erlaubte, immer mit meinem Bruder zu sprechen, sofern er den anderen Stein bei sich trug und daneben das Wappen des neuen Königreiches, welches der König als Erinnerung an seinen heldenhaften Bruder symbolisch wie einen strahlenden Flügel aussehen ließ.

Ihr habt es erraten: Das sollte mein Flügel sein und der König, das war Charles. Er wurde von allen Bewohnern des Königreiches fair und gerecht zum König gewählt.

Mit meiner Hilfe hatten wir das Schloss wiederaufgebaut und die Menschen hatten nun endlich keine Angst mehr vor mir. Ganz im Gegenteil, ich war beliebt wie ein bunter Hund!

Vor allem bei Charles' kleiner Freundin, Phina, die er mir schon vor einigen Jahren vorgestellt hatte. Hin und wieder ließ ich mich dazu überreden, sie mit meinen kräftigen Krallen zu packen und sie über den Diamantsee hinweg zu fliegen. Charles hatte mir erzählt, dass sie mitunter der Grund war, wieso er sich vor fünf Jahren überhaupt auf die Reise gemacht hatte und mich fand. Also verdankte ich ihr theoretisch mein neues Leben.

Und dieses neue Leben war der Wahnsinn! Ich war nun offizieller Berater des Königs und Wächter des neuen Königreiches. Natürlich war ich aber nur eines von vier Mitgliedern der neuen königlichen Garde. Niall, Anya und Liam waren ebenfalls die engsten Vertrauten des Königs.

Ich wusste, dass Charles nie König sein wollte, aber genau das machte ihn zu einem guten König. Endlich war alles, wie es sein sollte und obwohl ich natürlich gerne auch ein Mensch gewesen wäre, so war es doch unglaublich ein Kyan zu sein! Und praktisch!

Jeden Tag drehte ich meine Runde durch die Dörfer, half wo ich konnte, gab Anfragen an Charles weiter und hielt nach den Dämonen Ausschau. Ich hatte immer noch diesen Schalter in mir, der die Dämonen daran hinderte, in unsere Welt zu kommen, doch ich hatte eine Methode entdeckt, mit welcher ich ihn relativ zuverlässig geschlossen halten konnte: Liebe.

Desto weniger ich über den Schalter nachdachte und desto friedlicher ich war, desto weniger Dämonen kamen hindurch. Die Liebe zum Leben war stärker als die Angst, die Dämonen hinein zu lassen.

Es war nicht immer einfach, vor allem in Besprechungen, da ich ja schließlich nicht sprechen konnte, doch dank den Steinen – danke lieber Herr Cadawig – konnte Charles mich für die anderen übersetzen. Ich war endlich nicht mehr allein.

Oft flog ich noch zurück zum Spiegelwald, um meinen alten Freunden von meinen neuen Freunden zu erzählen und hin und wieder flog ich auch, vor allem wenn die Sonne unterging, auf den höchsten der Phönix-Berge und ließ meinen Blick über den Frieden schweifen, den ich und mein Bruder geschaffen hatten.

Und in solchen Momenten, wenn ich ganz dort oben stand, die Sonne auf meine Schuppen fiel und somit das Licht um mich in alle Grün- und Blautöne tauchte und eine kühle Brise durch mein Gesicht wehte, da könnte ich schwören die Geister des Mutes, der Hoffnung und der Liebe um mich herum tanzen zu spüren.

Und warum sollten sie auch nicht tanzen! Das neue Königreich war friedlicher denn je, denn dieses Königreich hatte etwas, was kein anderes hatte:

Ein Monster.

Zeitfracht Medien GmbH
Ferdinand-Jühlke-Straße 7
99095 Erfurt, Deutschland
produktsicherheit@kolibri360.de